梨木香步

守綺譚

《家守綺譚》為文學作品，書中提及之植物，大多盡可能譯成中文俗名，但考量到文意脈絡，有些必須保留其日文名稱，故此說明。本書若有任何謬誤，編輯部責無旁貸，還請不吝指正。

木馬文化 編輯部

目次

左起乃
學士綿貫征四郎
之著述。

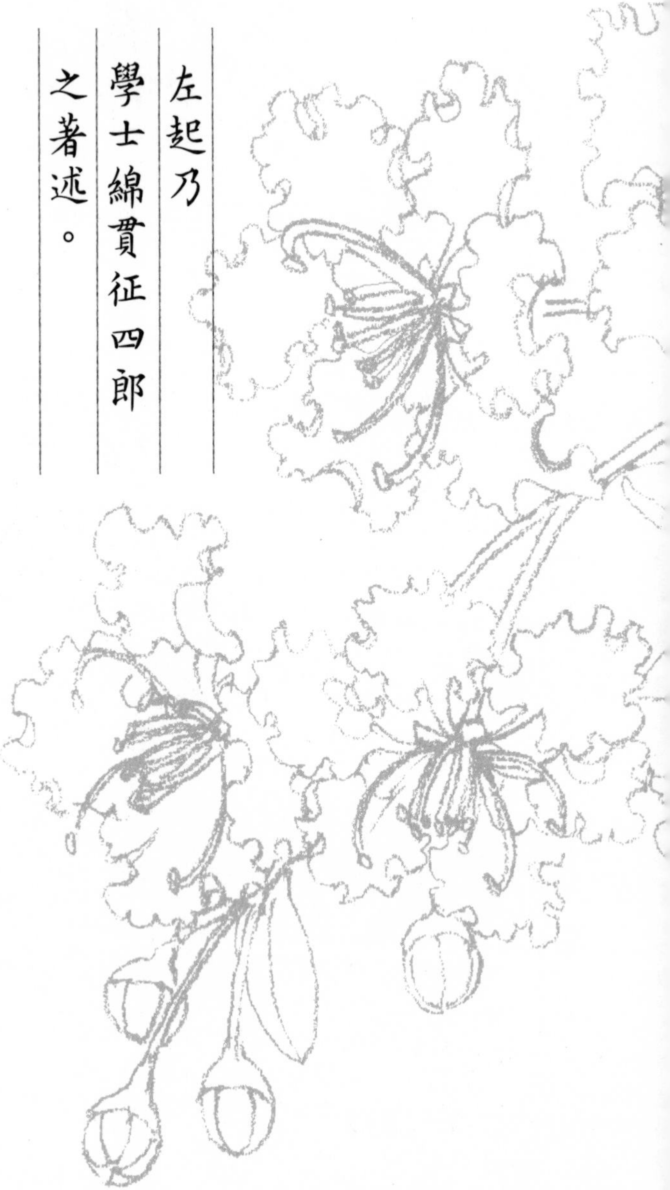

百日紅

此處原是日式庭院，但拜小鳥啣物之賜，偶有難得一見的西方草木發芽。因疏於整理，棕櫚、樟樹、金桂、杜鵑、茶梅、玉蘭、羅漢松、楊桐、柴樹、杉樹等都恣意成長，極盡繁茂榮華之能事。前任屋主尚在之時，有園丁定期照管，草木也都謹守分寸，呈現恬靜素雅的風情。你問我何以得知此事？這裡是我學生時代的好友——高堂的老家。高堂還在世時，我常直接跑到二樓房間找他，卻很少坐在客廳榻榻米仔細欣賞這庭院。高堂過去隸屬划船社，最後是在翻過山頭那邊的湖中划船時失去蹤影。我畢業後，依然住在學生時代租來的房子，靠著撰寫不怎麼好賣的文章過活。由於沒別的地方可去，是以沒有搬家的打算，靠著文章偶爾刊登在雜誌上的稿酬，勉強過得像樣。也曾在英語學校兼課，固然有機會升為正式講師，但我志在寫作，不想在教職上鑽營，便婉拒了。不料校長竟虛矯地擺出謙遜的態度，冷笑說：「那算是我失禮，小看閣下了。」好個品行低劣的傢伙。儘管我有心從事自己真正興之所在的工作，但前途未卜，令我裹足不前。正在煩惱之際，亡友高堂的父親表示他將搬往嫁到附近的女兒家同住，問我願不願意幫他看守老家，如能住在那裡，每天早晚替他開門閉戶，他願意每月付我些許生活津貼。有道是「急奔渡口，恰有停舟」，豈有不搭乘之理。剛好時值盛夏，顧不得阮囊羞澀，竭盡所能買了顆大西瓜提在手上，穿過唧唧蟬聲籠罩的綠蔭小道前去問候。這件事很快便談成，隔年春天我便搬了過來，同時也辭去了英語學校的教職——這是故意辭給校長看的。

當初說好整理庭院與否但憑我意，因此我幾乎沒有動手整理。或許這樣也好，反而有助於草木的自然成長。

＊ 百日紅：日文名猿滑，中文別名紫薇、滿堂紅。千屈菜科落葉灌木或小喬木。原產於華南及印度，株高一至六公尺，樹皮茶褐色，平滑，小枝四稜狀；葉卵形，幾無柄；花為頂生圓錐花序，萼為闊鐘形，品種多，紫紅色花較常見。

房子北側是山，山腳下有引自大湖的供水渠道；房子南側是田地，也自渠道接了一條灌溉溝渠，高堂家的水池就位在這條灌溉溝渠的途中。兩間相連的房間外是一條呈L形的沿廊，轉角處的柱子就立在池中的石頭上。隔著水池，沿廊對面種有朝向房子伸展的百日紅。

鄰家太太送來頗費工夫製作的散壽司，說：「住在這裡二十多年，頭一次看到這棵百日紅開得如此茂盛。」如此讚歎一番之後離去。雖說是偶然的結果，我內心依然十分得意。本來這棵樹的狀態是不可能開花若此的。從屋子裡看出去，看不出端倪；繞出去探視才知道這棵百日紅已形銷骨毀，只有從屋裡看得見的一枝殘株欣欣向榮。

我一方面祈願它能毅力卓絕地繼續堅守這一枝獨秀，卻也納悶該如何解釋這花開燦爛的現象？百日紅不愧為「猿滑」，摸起來果真舒服[1]。於是我每天繞著庭院思考文章，不知不覺間，撫摸這百日紅的樹幹竟成了我每日的習慣。舉手過頭，手掌由上往下滑過樹幹，可以一路滑到下方腳邊，毫不受阻。樹幹紋理些許的凹凸不平，更增添了觸感的趣味。不過應該不是我每日撫摸的功效，而是年輕園丁失去工作，讓它躲過橫遭修整的命運吧，我的功勞在於讓它從園丁的剪子下逃過一劫。

百日紅的花色比櫻花深濃，是一種高雅的桃紅。花開成串，風一吹，花串敲打在房間的窗玻璃上，發出微微聲響。

昨天夜裡一開始也是那樣。

傍晚起風雨逐漸變強，照理說應該關上遮雨板才對，我卻縮在萬年被窩裡不想動。到了深夜，窗玻璃突然吱吱作響，跟之前輕微的喀喀碰撞聲明顯不同，把我給吵醒了。起初我以為是貓，正準備置之不理，埋頭繼續睡，聲音

1　百日紅日文名為猿滑，指樹幹表皮光滑，連猴子也攀爬不住而滑落。

卻愈來愈激烈，最後甚至大到彷彿整座房子也跟著震動似的，我只好起床，打開檯燈，前去查看沿廊的玻璃窗。

映出燈火光影的窗玻璃外是一片漆黑，風吹雨打攪亂了那一片黑。平常，些許的風就能讓百日紅花串尖端輕輕拍打窗玻璃，如今就像遭受巨大外力，百日紅的花朵整串擠壓在窗玻璃上，連枝帶幹都猛然擠身上前，緊接著又如海浪退去，然後同樣動作重複，一而再地。拍打撞擊的聲音漸漸在我耳中形成幻聽——讓我進去……

事到如此，我更不想把遮雨板給關上。畢竟這麼大的風雨之中，我實在沒有勇氣開門出去。我回到房間，決定再度鑽進被窩繼續蒙頭大睡。不熄掉檯燈，直接置於枕畔。終於，風雨漸息，同時又恢復了原有的細微吱吱聲響。我還以為聲響來自窗玻璃，凝神一聽，才發現聲響來源是掛在客廳壁龕裡的畫軸。我還沒有本事買得起畫軸，這是屋主留下來的，一幅描繪水邊蘆葦的風景畫，畫中有隻白鷺正準備獵食水中的游魚。我將頭從被窩中探出來看向壁龕，只見畫軸中的白鷺驚慌逃往一旁，不知何時開始，畫中風景也下起雨來了，從深處划來一艘小船。划船的人很年輕——竟是高堂，他逐漸靠上前來。

——怎麼了，高堂？

我不禁開口問。

——你不是已經過世了嗎？

——這是什麼話，我可是冒著風雨划船過來的呀。

高堂若無其事地回答。

——你是來看我的嗎？

——是呀，我就是來看你的，可是今天沒什麼時間。

高堂人在船上繼續說著。

——百日紅那傢伙，對你很是懸念。

——……噢。

剛才的怪異景象原來是這個原因嗎？我雙臂盤胸，閉目沉思。其實我也明白，只是顧慮到百日紅的名譽，不願說出口。

——我還是頭一次給樹喜歡上。

被樹看上，還真是麻煩。雖說是頭一次，但也夠你受了吧？

高堂還是生前那副愛調侃人的語氣。

——我該怎麼辦才好？

——你想怎麼辦呢？

他這麼一反問，我又陷入沉思。樹喜歡上我了，該怎麼辦？我又想怎麼處理？這問題我從來沒想過。

——你也真夠蠢的。

高堂很明顯是在興災樂禍。

——別瞧它只是一棵樹，其實它很喜歡聽故事，有空你不妨就讀書給它聽，聽著聽著，對你的熱情就會冷靜下來了吧。

——原來如此。

讀書給樹聽，對我的日常生活影響倒也不大，做起來並不困難。

——我會的。

——那你就這麼做吧，我要走了。

高堂轉過身去，在雨中划著船準備往蘆葦深處離去。

——高堂！

我大聲呼喚，還有話想跟他說。

——我以後見不到你了嗎？

——我還會來的。

高堂從愈行愈遠愈小的船上如此回答。畫軸中的霧氣漸漸散去，又恢復成原來的湖色風光，白鷺也飛回原處擺出先前的姿勢。

從此，一到午後，我便坐在百日紅樹下讀書給它聽，但不再隨便撫摸樹幹。一開始百日紅似乎有些不滿，但看得出來它慢慢融入了書中世界。百日紅也有好惡，聽到喜歡的作品，樹葉傾斜的角度也會不同。尤其當我朗讀我的文章給它聽時，百日紅會高興地晃動整個樹幹，煞是可愛。即使出版書肆仍對我不理不睬，百日紅卻彷彿用它堅持的一枝獨秀，鼓勵我繼續寫下去。有時我會把處理魚取出的內臟埋在樹根下，為它滋補營養，希望明年百日紅一樣花開繁茂。

忘都草

羅漢松樹下的地面，由於日曬充足，早春時節冒出像雞兒腸的綠芽。

——那是忘都草，之前屋主的太太很喜歡。

鄰家太太告訴我。

心上記住了這風雅的花名，不知會開出什麼樣的花朵，倒也不刻意地期待。結果開出了類似野菊，顏色卻更為濃豔的深紫色小花。

最近連續有兩篇短篇小說登上雜誌，手上有稿費，便到站前商店街的肉鋪買了牛肉。我提著一包肉走在路上，一隻狗竟跟在身後，噓聲驅趕了一下，狗兒就是不肯離去。牠要跟，我也沒辦法，但手上提著一包肉總是不安全，於是就頂在頭上繼續往回家的路走。途中遇見住在附近的老先生，問我這麼做是什麼消災解厄的法術嗎？我靈機一動，回說是異國風俗。事實上我也沒有亂講，只不過並非事先準備好這個理由，而是在被問之際才想到有此風俗。

拿出火爐、鐵鍋坐在房間前的沿廊上燉肉時，大概是受肉香所吸引吧，畫軸突然搖晃了起來，只見高堂一下從中走了出來。

——你怎麼又突然出現？這一次不需要下雨幫忙嗎？

聽我如此一問，他說：

——那是第一次才要。凡事起頭難嘛，一旦知道門路就容易了。

原來如此。走廊前方傳來奇怪的聲音，一看是剛才的那條狗，許是鑽過門縫跑進了院子。是害怕高堂之故吧，牠屁股夾著尾巴，邊後退邊發出低吼。

——哦，瞧牠不死心的樣子。綿貫，你就賞牠一塊肉吧！

對了，忘了自我介紹，我的名字是綿貫征四郎。

——這可是很寶貴的肉啊！

我明顯地露出不願意的表情。

＊忘都草：日文別名野春菊、東菊。菊科多年生草本，日本特有植物，原產於日本本州與四國。根莖呈左右走向繁生，葉有柄長橢圓形，邊緣有兩至三個大鋸齒。春到初夏開花，花色有白、紫、粉紅。

——你就當做我還活著，將請我吃的那一份給牠吧！

他這麼一說，我也就心軟了。

——喂！這是高堂賞你的，不要再叫了！

我丟出一塊肉，掉在百日紅的樹根下，狗兒立刻搖著尾巴跨越池水，直往那兒奔去。

——真是現實的傢伙！

——畜牲就是那樣子，這麼一來牠便會在這裡留下了，你就給牠取個名字吧！

——那可不行，我連養活自己都有困難了。

——總有辦法的。鄰家太太很喜歡狗，她知道你的窮困，應該會幫點忙。

——難道你不幫幫我嗎？比方說讓我寫出傑作。

——我可沒有那種法力。

高堂說話的語氣顯得興趣缺缺，接著又說：

——我看就取名叫做五郎吧！征四郎的下面是征五郎，可是叫征五郎也太麻煩了，乾脆省略征字，直接叫五郎。

——隨便叫牠什麼都好，總之我可不會幫牠蓋狗屋。想睡就睡在地上，我不趕牠走就是了，反正我也不求牠留在這裡。

吃完肉的五郎先是在原地低吟，接著又挖起百日紅的樹根，大概是聞到了魚內臟的氣味。

——喂！快停下來，別挖了。

我看不過去大吼，高堂也立刻站起來說：

——別挖了，五郎。

原來他還有腳呀。五郎也不知怎麼了，突然就乖乖回到廊前，趴伏在地上。高堂很滿意地說：

——嗯，好乖，五郎。

我邊看著這一幕邊吃肉。

——味道挺好的，你不來一塊嗎？

——你是在叫誰吃肉呀？真受不了你。我該走了，時間到了。

說完，高堂又走進畫軸之中，小船就繫在裡面。

——下次能待久一點嗎？

我大聲問。

——可以吧。

高堂回答。五郎對著畫軸依依不捨地汪汪叫。

過了一會兒，門口傳來呼叫聲。出門一看，是鄰家太太。

——沒什麼事啦，只是我東西煮太多……

原來是一鍋看起來很美味的燉雞肉。我道了謝，鄰家太太卻沒有要離去的意思，神情還有些不自在。

——剛剛我好像聽見狗叫……

就在這時，五郎也湊巧搖著尾巴，帶著滿面笑容跑過來，如果狗也有笑容，應該就是牠現在這副德性吧。

——哎喲，好可愛呀！原來你養了狗呀？

——噯，不不，我哪有能力養狗呢，是剛才在路上跟了我回來，只好……

——這樣也算是積德呀。

鄰家太太撫摸著五郎，一臉正經地點頭對我說。我這才明白，原來這鍋雞肉有一半是託五郎之福。

——沒想到也能在這屋子聽見狗叫聲呀，之前的屋主很討厭狗，可憐的是他們家少爺經常跑來我家，很喜歡我們家那時所養的狗。

少爺？難道是說高堂？

——是呀，已經過世了的那位……對了，聽說你們是同學吧？這隻狗叫什麼名字呢？

——哦，我打算叫牠五郎。

——什麼？五郎！

鄰家太太眼睛登時發亮。

——跟我們家之前養的狗名字一樣！哎呀哎呀，怎麼會有這種事呢？簡直不能當作是陌生人，不對，應該說是陌生狗。原來如此，你叫做五郎呀？

鄰家太太將臉湊近五郎磨蹭，果然很喜歡狗。

傍晚，我將雞肉分一半給五郎，還特別摘下忘都草的小花，插進收在櫃子裡、瓶口缺了一角的花瓶中，供在客廳壁龕裡的畫軸前。

我在心中低喃：原來是這麼一回事呀，根本就是高堂你自己想在這屋子裡飼養五郎嘛！

末草

我坐在沿廊邊垂釣。這兒常會有香魚從大湖經由渠道游過來，運氣好的話還能釣到鰻魚。這一陣子的早晨，白鷺就一直專注地捕魚，我不禁佩服這白鷺居然能從高空發現這個水池飛落下來，猛然想到斜眼瞄了一下畫軸，果然該在畫中的白鷺不見了。再望向水池，咦？剛才確實在眼前的白鷺也消失無蹤，真是怪事呀！當我又看回畫軸時，白鷺已經好端端地回到原位，真是來去無影，不留痕跡。

水池裡目前開著小朵的睡蓮，聽說名叫未草，因為它總是規律地在未時開花，這名字取得真好。只是這水草最近會發出「嘎嘎嘎」的擾人叫聲。既然名為「綿羊」[1]，至少也該是相應的叫聲才對吧。百日紅似乎很不喜歡它，看到花開，總是反感地將枝幹扭過去。我先前已告誡過它不希望惹出紛爭，所以到目前為止倒也相安無事。

起初五郎一聽到未草叫就會驚嚇地跳起來，現在則已經習慣，繼續睡牠的白日大覺，連眼皮都不睜開一下。說到五郎，自我飼養牠以來，鄰家太太幾乎每天一次拿來冷飯、味噌湯等等，說是家裡多的，可以餵五郎。既然是給狗吃的，她大可全都裝在一起拿過來，卻特意用不同的容器分開來裝，想必是顧慮到我的存在吧？真是位善解人意的鄰居。因此，不僅是我飼養的五郎，自己也一併受到照顧了。這隻狗還會幫我看家。前一陣子聽見狗叫得厲害，走出庭院一看，只見竹籬上有隻蜈蚣挺起身試圖嚇阻五郎，兩者互不相讓地對峙著。白鷺大概也是在這種時候，趁著五郎不注意出去捕魚吧？總之，這個家都是因為那隻狗而維持住風紀，不愧是高堂居中牽線找來的好

＊　未草：日本自生種睡蓮，睡蓮科水生多年草本。單葉，由地下莖部抽出長柄，通常浮貼水面，葉柄位於葉片邊緣，葉片卵圓形，葉基缺裂。六至十一月開花，花莖浮出水面為單花，花色為白色。因多在下午二時（未時）開花，故名。

1　日文的未時和綿羊發音都是「hitsuji」，故開此諧音玩笑。

狗。

這房子的玄關上方是倉庫，可以從廚房掛上梯子進出。日前我上去找蚊帳，發現一只風鈴，便取出掛在屋簷下。午睡時分，夢正香甜，吹起一陣涼風，風鈴輕輕發出柔和的聲響，十分風雅。但不知為什麼，每當風鈴響，未草必定也跟著發出「嘎嘎嘎」的叫聲，像是在嘲笑著什麼似的。為了不讓它再笑，只好將風鈴解了下來。

寫作方面始終沒什麼進度。雖然五郎幫了我不少忙，偶爾也想犒賞牠肉吃，只是除了最初的那一塊之後，就再也沒有了。

因無所事事而垂釣，不知不覺間睡意襲人，身體也跟著鬆軟無力。不久，我猛然驚醒，瞥見水池表面露出兩個眼睛般的亮光。這時，未草突然發出「嘎嘎嘎」的叫聲。這麼說來，我倒是從來沒有目擊過未草發出叫聲的瞬間，不禁起了疑心，走出庭院蹲在水池邊，仔細觀察水面，未草群生的那塊水面上浮出一個類似綠色盤子的東西，我撈起來拿在手上，溼溼滑滑的，讓人感覺很不舒服。那玩意兒有些厚度，周身長滿了水草，還有兩、三個小洞狀的開口。由於剛才看到目光閃爍，我不想隨便丟掉那玩意兒，決定拿去請教住在渠道對面山寺裡的和尚。看到情況有異，五郎也神情嚴肅地跟在我後面。我最近才與這位和尚相識，因為彼此從車站回家有時會同路，後來偶爾找他下棋，成為棋友，他平常也挺清閒的。

果不其然，和尚正在前院攤開草蓆曬香菇。

——辛苦了，在忙呀。

——這些都是拜昨天那場雨所賜，在後山冒出來的。幾乎都是水分，大概也曬不成什麼好乾貨吧。

和尚邊說邊瞄了一眼我手上帶來的東西問：

——那也是要曬成乾的嗎？

——這到底是什麼呢？
——來，我看看。
和尚將東西從我手上接過去，仔細看過之後說：
——這是生在朽木村岩合瀑布深潭裡的河童呀。大概是近來水位高漲，被沖到大湖，找不著回去的路，才會身陷你住處的水池。
——河童平常就是這副德行嗎？
——沒錯，從水裡撈出來就是這個樣子，泡水又會恢復原狀。
——簡直跟乾貨沒什麼兩樣嘛。
——前不久在弘法寺還有人將這玩意兒曬乾來賣，聽說拿來修理井水堵塞很有用。
——我可不想做那種損陰德的事，把牠放回渠道就可以了吧？
——渠道的水流太快，水底又呈研缽狀，就算是深諳水性的河童也很難在其中游泳吧。這樣吧，五郎，過來！

五郎似乎也知道自己即將派上用場，高高豎起耳朵。

——辛苦你了，將這個送去朽木村的瀑布深潭。

和尚說完用棉包袱巾將那玩意兒包好，綁在五郎脖子上。

——你聽好了，順著這山路爬到頂，會遇到一條有著青魚臭味的街道，沿著街道繼續走，看到河川後就跳進去，到時就會有一隻河童從布包中跑出來。

五郎真是一條神犬，大叫一聲「汪」後，一副完全已經聽懂的樣子直往山上奔去。

過了兩天，也不見牠回來。鄰家太太十分擔心，我向她說明緣由，她竟一臉認真地點頭說：

——這也是常有的事。

或許五郎接受了河童的招待也說不定。我取出風鈴，重新掛上，這次鈴聲響時，未草不再跟著叫了。安安靜靜固然不錯，卻也顯得清寂。那河童大概喜歡風鈴吧？下次要是有機會去朽木村，我打算在靠近瀑布深潭的樹枝吊上一串。

大理花

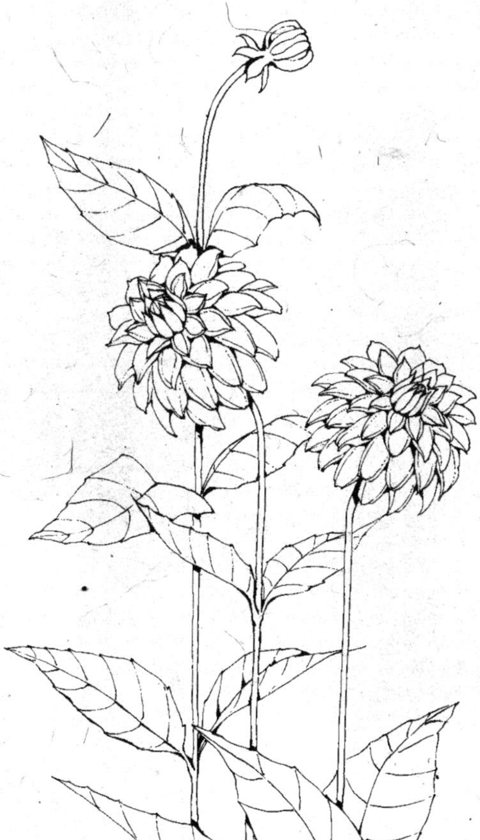

車站裡有個受理郵件的窗口，趕時間的稿子從那裡寄出最是迅速。交稿後，心情輕鬆地信步踏上歸途，舉目四望，只見眼前的大葉黃楊籬笆裡透出火焰般暗紅的花朵，像是往我這裡偷看似地恣意綻放，看得我有些七上八下。不過畢竟是別人家的庭院，總不好停下腳步觀望太久，更別說伸出手去觸摸，只好直接經過，回到家後依然想望。它天鵝絨般的花瓣，有著此間花木所沒有的氣質。凡是我在意的事，就會寫成文章，文成之後讀給百日紅聽。或許聽起來像是對其他花朵過度讚美，百日紅顯得不太高興，頓時灑下許多被蟲咬過的枯葉、樹枝，我只好趕緊爬回屋內。

天候陰沉沉的，雨時停時下。大概是這樣的關係吧，還不到傍晚時分，性急的茅蜩已開始呱呱大叫。叫聲就在不遠之處，我站在沿廊想找出茅蜩所在的位置，發現百日紅光滑的樹幹上有透明的羽翼正在顫動。從人類的眼光看去也許是個別有風情的畫面，但對百日紅來說可能就像被蚊子叮咬，感覺很不舒服吧？於是我拿起樹枝趕走茅蜩，百日紅卻沒有感激的樣子。隨便它好了！我氣得走進屋裡。雨又滴滴答答地下。玄關傳來呼叫聲，我跳起來，立刻衝出去，以為是五郎回來了。當然我還不至於認為五郎會開口表示牠回來了，但也可能是牠受傷了，有人送牠回來也說不定。

站在門口的是一位頭戴簑笠，眼光頗為犀利的男子，一開口就問：

——先生，府上有蜈蚣吧？

我馬上回說：

——是呀，是有蜈蚣，而且還大得嚇人呀！

男子一副深得我意的樣子點頭說：

＊ 大理花：中文別名天竺牡丹、大麗花、大麗菊、洋芍藥、洋牡丹等。菊科大麗菊屬多年生草本的總稱。原產於墨西哥、瓜地馬拉。塊狀根，莖多汁，有分枝，葉對生，一至三回羽狀複葉，夏秋開花，霜降時凋謝，頭狀花序，單瓣或重瓣，有紅、黃、橘黃、紫、白等顏色。

——果然沒錯。那麼長蟲呢？

——蛇嗎？也有。

——蝮蛇呢？

如此說來，五郎倒是曾經對著蝮蛇吠叫過。如今牠在哪裡呢？我不禁有些心痛。

——也看過。

——如果看到蜈蚣、蝮蛇出現，可否幫我抓起來？

——要怎麼抓？

——簡單呀，抓蜈蚣用長火鉗，抓蝮蛇就用這個。

他拿出前端開岔的小型魚叉給我看。

——夾住頭放進魚籠就好了。

——不會跑出來嗎？

——跑不出來的。

——蜈蚣還可以接受，要我抓蛇是萬不可能。到底你抓那些東西要做什麼用？

——賣給藥商呀。只抓蜈蚣的話可以嗎？能換錢的。而且，先生你只要抓起來就好，到時由我出面交易，談好價當場銀貨兩訖。

我有些心動，卻又擔心今後一看到蜈蚣、蝮蛇，腦子裡就立即算計錢，那可不是什麼高尚的習慣呀。尤其我在執筆為文時，只因蜈蚣出現而打斷所有文思，忙著捕抓，如此一來，豈非本末倒置？

——不行，不行。不好意思，我還是得拒絕。

抓蛇人露出有些失望的表情。

——那真是可惜，先生家宛如蜈蚣的寶窟呀。

說完後遺憾地離去。我心想那真是個奇妙的行業。一回到屋裡，發現高堂坐在壁龕裡向我打招呼：

——嗨！

——哦，你來了呀？這麼說來，現在正在下雨。所以還是要下雨的時候，你比較容易出現吧？

——嗯。

——有件事我必須向你道歉。

——是關於五郎嗎？

——怎麼，你已經知道了呀？牠送河童回去後就沒有回來了。

——那個河童漂流到這裡不久，便出手作弄白鷺想拉牠下水，白鷺氣得猛回啄，當時是五郎居中調解才平息下來。

我試圖想像那畫面，但實在超乎我能力所及。高堂從眼角看著啞口無言的我，繼續說：

——所以五郎算是有恩於河童，又加上這次的事，恩情更大了，搞不好五郎會娶個河童媳婦回來。

——那可不行。

我連忙表示反對，

——鄰家太太喜歡狗，幫了我很大的忙，可是總不能還要人家連河童都得照顧吧，實在太丟臉了。

我十分清楚自己沒用，更不想製造更多莫名其妙的麻煩。高堂會心一笑說：

——放心吧，這樁婚姻阻力太大，很難談成的。

那我就放心了。如此說來，這傢伙從以前就習慣這樣作弄人，看來就算死了，老毛病依舊未改。

——五郎會回來嗎？

——會的。就在剛才，我還看見牠在湖邊走著呢。

——為什麼牠要在湖邊徘徊不回來？

——這我就不知道了，或許狗也要增廣見聞吧？也可能剛和河童告別，還沉浸在旅愁之中也未可知呀！

——真是胡說八道。

院子裡傳來動物抖動身體的聲音。

——瞧！說著說著牠就回來了。五郎，你的動作還真快。

高堂站起來跟五郎說話。五郎完全不見疲態，身上也很乾淨，高興地搖著尾巴汪汪叫。從五郎第一次見到高堂以來，牠的樣子改變了不少。見牠回來，我也鬆了一口氣，蹲在沿廊撫摸五郎的頭說：

——五郎，辛苦你了。

五郎顯得心滿意足。我很想犒賞牠點什麼，難過的是身邊什麼東西都沒有。

就在這時，玄關傳來鄰家太太的聲音：「請問……」

——我就說好像聽到五郎的聲音了嘛。五郎，太好了，你回來了。

五郎趕緊衝到玄關，接著就聽見鄰家太太不停說：「五郎呀，你總算回來了。」一見我來到玄關，她便道歉說：

——不好意思，聽見五郎的聲音，我就不請自來。真不巧家裡只有這些東西。我一看，五郎正吃著剛蒸好的芋頭。肚子餓了吧，吃得比平常要大口。

——真是可憐呀。

鄰家太太在一旁不停同情地感歎著。然而，我心情複雜，難以言喻，因為五郎即便埋頭吃著芋頭，仍偷偷用抱歉的眼神看著我，彷彿在說：「我這樣獨吞所有食物好嗎？」我感到心疼，又為自己感到可悲。早知應該答應幫忙抓蜈蚣才是？抓害蟲有益大眾，有何不妥呢？就算是蝮蛇，只要有心，也並非捕不到呀！鄰居會高興，藥商也樂得收購，病患也欣喜，又能改善我的經濟情況，或許我該答應才對。問題是我實在不喜歡這種想法，因而有些討厭起自己來。回到屋裡，高堂已經不在了，更讓我心情慌亂。於是，我前所未有地生出自暴自棄的豪邁心情，拿起錢包走出戶外。我要去肉鋪，買肉慶祝五郎歸來。

雨停了。五郎高興地跟在我後面。路上經過那間開著紅色花朵的人家，一位梳著麻花辮的姑娘正在打掃庭院，突然間我們四目相接，不知何故，我的情緒有些高昂，便開口說：

——好漂亮的花呀。

那位姑娘紅著臉頰回答：

——這種花名叫大理。

說完，我們就分開了。我的心情十分愉快，五郎一副什麼都心領神會的表情，站在前方的高架鐵軌下，搖動尾巴等著我。高高的天空一片晴朗。什麼蜈蚣、蝮蛇全都拋諸腦後。

五郎回來了。

魚腥草

就在我每天極盡奢侈地享受滿眼新綠的饗宴，保養眼睛之際，不知不覺雨季已經來臨。就連淋溼身子也不以為意的五郎，基本上也認為沒有淋雨的必要吧，成天都窩在廊下無所事事，我當然也就不想出門了。

一直坐在書桌前，嘩啦啦的雨聲在沿廊外圍、房子外圍、廳院外圍，一圈又一圈有如波浪般反覆沖擊，愈下愈激烈。聽著雨聲，有種被鎮壓住的感覺，身體動彈不得，讓我像是雨水囚牢中的犯人。儘管是大白天，卻昏暗一如夜晚，空氣有著梅雨季節的寒涼觸感，溼氣幾乎快要瀰漫進腦海深處。

中午時分終於雨停，太陽撥開雲層露出臉來，陽光直射進我家庭院。太好了！我走出庭院伸伸懶腰，感覺連日來的雨水使得周遭草木一下子長高不少，舉目四望，發現池邊堆疊著什麼東西，納悶地走近再看，既不像是布，也不像是皮，呈現帶暗綠混著深褐的土色，而且還閃閃發亮，感覺有些噁心，我拿起樹枝將它勾拉過來，整個攤開，土色變得有些透明，在微風中輕飄飄地晃動。形狀看起來就像緊身工作服搭配衛生褲，但整體說來又沒那麼大，頂多只有我的膝蓋高吧？這時突然玄關傳來聲音。

——好不容易雨停了呀。五郎！

是鄰家太太，大概又拿什麼食物來給五郎了吧。我心裡才這麼想著，五郎已經悄悄從沿廊下面爬出來。我從庭院繞出去跟鄰家太太點頭致意，鄰家太太也笑著回應。

——哎呀，真是不錯！

她一臉驚訝地看著掛在我手上樹枝前端的東西。

——這到底是什麼呢？

我向著她輕輕晃動一下樹枝，鄰家太太自信滿滿地回答說：

＊魚腥草：中文別名蕺菜。三白草科多年生草本。原產於臺灣、中國、日本。植株有強烈腥味。葉互生，心形，葉尖銳尖，葉基心形。穗狀花序，花小無柄。初夏開花，秋季結果。

——還用說嗎？當然是河童褪下的皮囊。

——怎麼妳連這個都知道？

我詫異地反問。鄰家太太看我的眼神中帶著些許的悲憫。

——看一眼不就知道了？

我還是不明白。

——這是身體還沒定形的年輕河童。

我聽得益發糊塗了。

——飽經年月的河童會像之前撿到的那隻一樣變成單只盤子狀，可曬成乾貨，但這是年輕的河童，還很鮮嫩呀。

鄰家太太說到這裡，還特別表現出帶著憂傷的語氣。

——經過嚴冬之後，皮囊只有表面僵硬，再經五月暖風吹乾、早期的梅雨拍打，漲開後便能褪去，不過只會發生在年輕河童身上。你看，上面連蹼掌的形狀都有。

聽她這麼一說，果然上面是有類似的形狀。鄰家太太靠上前來，仔細地從手掌端詳到腳掌，嘖嘖稱奇。

——真完整。從背後破開來，先是按著一隻手指的前端一點一點地脫起，從肩膀開始，小心翼翼依序褪除，不把皮扯破，這一定是母河童，公的才不會有這種本事！

她斬釘截鐵的口氣，讓我有些反感，不禁低聲說：

——妳這麼說我是無所謂，可是有些男人可沒那麼好脾氣！

鄰家太太似乎沒有聽到，繼續說：

——自古以來聽說，剝下一點皮囊放在衣櫥抽屜深處，會讓衣服變多。

她很惋惜地看著皮囊。

——不過，這麼完整的皮囊，還是應該整個保存起來比較好。

內心幾經交戰，看來她還是打敗了私欲：

——就掛在屋簷下曬乾吧，那樣最好。

——曬乾之後要做什麼用？

——做什麼用？你不知道嗎？

鄰家太太思索了一下說：

——手頭不寬裕的時候，可以拿去跟藥商論個價吧？

——這東西能做什麼藥呢？

——那就看藥商怎麼決定了。

說完，便從她帶來的小鍋裡取出看似鯛魚頭的食物移進五郎的盤中。

——這是人家新居落成送給我先生的香烤鯛魚，你慢慢吃吧！我也留了一份給你主人，就放在玄關的上框[1]。

我趕緊低頭謝謝鄰家太太平日的照顧，再抬頭已不見她的身影。繞回玄關，果然有一整隻魚在等著我，真是太感謝了。

從傍晚起天空又再次烏雲密布，覺得有些不妙，便將她說是「河童皮囊」的玩意兒給收進屋裡，掛在二樓的衣架上。然後來到一樓，打開房間電燈。渠道前方新設了電力公司，因此這屋子的房間和玄關也裝上了電燈，只可惜經常會停電，不是很可靠就是了。點油燈固然比較牢靠，就怕不偶爾開開電燈，最後就連電力都跟我鬧起脾氣就糟了。

晚餐過後，果不其然下起雨來。五郎在外面發出奇怪的叫聲。這麼說來，當我收進河童皮囊時，牠的樣子也有些不太對勁。是那個鯛魚頭不新鮮嗎？或許是梅雨季節害牠受了風寒？還是讓牠進屋裡吧！我稍微打開玄關門，呼喚五郎，可是牠沒有過來。等了好久還是不見蹤影，只好死心關上了門。心

1　登上室內的石板或木板。日式住宅內部地板架高處與玄關有高低差，為遮掩、包覆木地板架高處側面的切面，所貼設的木頭或石材，有時可充當穿鞋時的座位。

想萬一出事就不好了，為了謹慎起見，決定改待在一樓房間做事，比較容易得知五郎的動靜。

那天晚上，稿子寫得相當順利。或許是有了河童皮囊的關係吧，畢竟稿子寫得順，收入也會增加，收藏的衣服自然也就多了。正當我暗自竊喜得到了一件好寶貝時，聽見了奇怪的聲響，還以為是五郎，便坐直了身體，才發現聲音來自壁龕，且聲音愈來愈大，近乎喀達喀達聲，眼前突然衝出一個船頭，立刻又往後縮回，接著高堂出現了。我心想他又來了，靜靜地看著他的舉動。好不容易他做完了抵達這裡所有相關的手續後才面對著我，我點頭致意完立刻又埋首稿紙堆裡。如今這種事已經嚇不到我了，既然他總是不顧我的方便與否說來就來，我也不會期待他會禮數周到地寒暄問好。可是高堂完全不管我在忙，語氣蠻橫地開口就責問：

——你把河童衣收到哪去了？

——啊哈！原來這世上有東西就叫做河童衣呀。

我雖然馬上就意會，卻故意裝蒜問：

——你說的是什麼？

高堂立刻怒斥：

——少裝了，你每每聽到不知道的新名詞就會一臉狼狽，今天卻表現得那麼鎮定，不就說明了你根本知道河童衣這回事了嗎？

我當下感到狼狽不堪。

——就、就算我真擁有那玩意兒，跟你又有什麼關係呢？

高堂看向身後，只見從畫軸裡面走出一位年約十二、三歲，有著一頭齊眉劉海的少女，身上單衣溼透，極其憔悴，只是幽幽地佇立在壁龕裡面，低頭不語，感覺有些怪異。高堂眼中滿是同情地看著她，說：

——那是這孩子的。

——可那不是河童的皮囊嗎？不是河童褪下不要的舊皮嗎？

我不小心說溜了嘴，可是高堂並沒有戳破，而是一臉正經地說明：

——那是以訛傳訛，害得人家河童十分困擾，不知有多少河童因為一時大意，脫下的河童衣被人類拿走，落得有家歸不得，最後被賣入特種營業的悲慘命運！這孩子也是回到原地想取回脫下的外衣卻找不到，問了五郎緣由，在五郎的幫忙下跑來求助於我。

我好生悵惘，感覺自己被當成強盜、壞人來看待，高堂則成了不折不扣的大善人。於是起身到二樓將河童衣取來，不過上下樓梯之際已忘卻心中不快，交出東西時還親切地問說：

——會不會太乾了？有點水氣會比較好吧？

連我自己都不免感到有些丟臉。假如我的個性能嚴肅些、多點深度，相信對寫作也有幫助，偏偏我如此輕浮，豈不是讓自己的文章分量不夠的致命罩門嗎？

那孩子扭捏卻又掩不住欣喜地上前，低頭對我鞠躬後取回河童衣。稍微瞥見了她的手，就像撲了一層微透綠色的白粉，可能是這個印象的關係，當她微微一笑，往左右兩旁牽引的異樣薄唇，更讓我覺得不像是人間所有。不對不對，我這樣子想，對她未免太過分了，畢竟她也是為了表達善意，才做出那樣的表情呀。頂著劉海的河童也對著高堂鞠躬致謝，然後拿著河童衣，朝向唯一開著的沿廊玻璃門，跳進了水池。外面還下著小雨。

——不要看！

高堂低聲說，我連忙將視線避開。

——那外衣不會太小嗎？

——它很有彈性，可以撐大後再穿上。聽說今天在清瀧有河童的十三祭，她的伙伴都打算越過北山前去，她是因為想搭火車，才來到這裡。

高堂雲淡風清地說著。不久水池傳來撲通一聲，馬上又恢復平靜。

我們倆站在沿廊上，望著外面。

——看來已經走了。

——太好了、太好了。

此時綿延渠道所散發的微微腥臭味掠過鼻頭。漆黑的暗夜悄悄從後山來至眼前。在屋內電燈的光線投射下，連接水池的渠道周圍，白色的魚腥草小花如燈籠逐一點亮般成群綻放，無聲的小雨，靜靜地打在上頭。

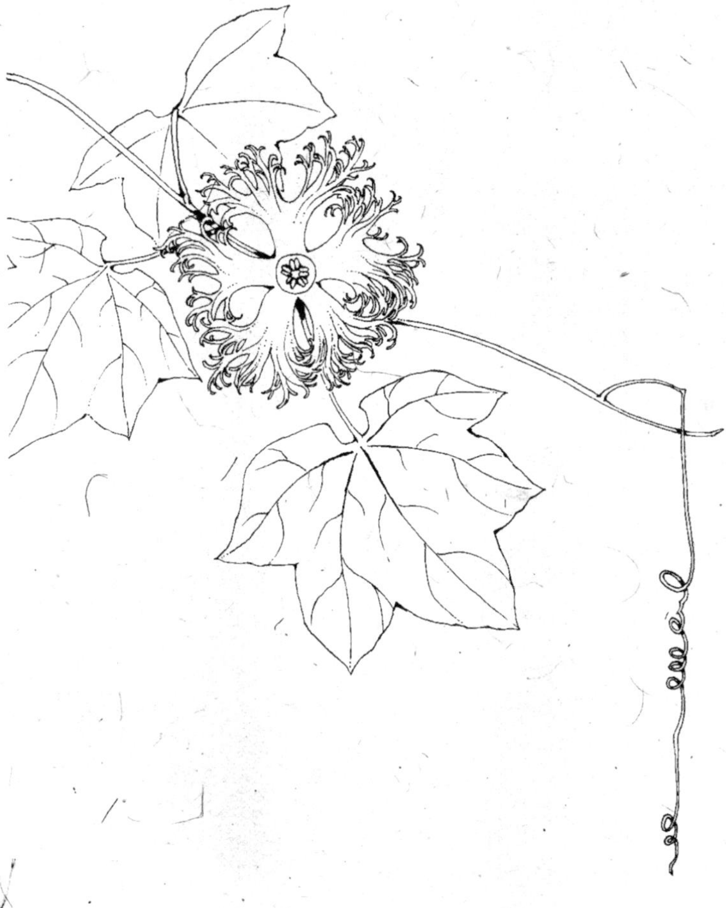

王瓜

從廚房地面踏上地板，順著勢頭一腳落下時，竟把地板踩出個洞。現正是梅雨季節，溼冷的雨綿綿不絕。雖然有些麻煩，但只要經過時稍加注意避開，也不至於太不便，就放任不管，不知從何時竟長出了奇異的植物，且是蔓生性的。但也無大礙，就任其生長，只見藤蔓滑溜地伸出觸鬚牢牢抓住地板，接著又長出迎風顫動的葉子，往四面八方探看似地伸展纏繞。

廚房沒有加蓋天花板，在我拿根竹竿還幾乎抵不到的屋頂處開了一扇天窗，日光從那兒射進來，使得原本連白天都很陰暗的廚房，充滿了微弱的光線，讓這奇妙的植物儘管樣子如臉色蒼白的病人般蹣跚，成長速度卻又快如豆芽，極為繁盛。或許就是由於這微弱光線的關係吧，總之它身上沒什麼色素，呈現一種透明如水的黃綠色。

親眼目睹了它感人的成長過程，我已不忍輕易拔除。每天來到廚房，讚歎之餘，也為它不覺間爬滿整個牆壁如網般的藤蔓感歎不已。直到藤蔓延伸至屋頂下方，看起來就像是蔓草叢生的廢屋，我才驚覺情況有些不妙。雖想不能放任不管，但畢竟從它自地板洞口小心翼翼發出嫩芽到今，我一路看在眼裡，多少也有了感情，事到臨頭又不免會動「今天暫且放過」之念，一拖再拖遲遲沒有動手，身負代管之託，實在過意不去。

剛好那一天日照強烈，又沒什麼風，我決定在廚房地板上睡午覺，儘管看起來十分荒頹，但也因綠意盎然，溫度比其他房間低了兩、三度。空氣流通良好，從後門直通玄關。來自後門外的風，拂過溼潤的石頭圍牆吹進來，好不涼爽舒服，也帶動室內繁茂的葉片搖曳，沙沙作響。「啊，真是宜人。」正當我昏昏欲睡之際，周邊突然明亮了起來，猛抬頭看，一片如雨水又如純白絹絲般的光從屋頂上撒落下來，光輝如白銀，無上莊嚴。就落在我躺著

* 玉瓜：日文名烏瓜。葫蘆科多年生草本，原產於中國、日本。葉三角卵形至近圓形，全緣至五到七深掌裂；捲鬚單一或二分叉。果呈卵形至橢圓形，具十條綠白色縱條紋，熟時橘紅色。

的身軀旁，隨手一抓感覺很堅固，整個人也跟著飄浮了起來，不一會兒置身在白色的光林中。光林外好像有人存在，仔細一看，應該是高堂。「喂！高堂……」我試圖喊叫，卻發不出聲音。伸手按著喉嚨，觸感有些不對，連忙舉起手來一看，當場呆住，那已經不是人的手了。

——那是當然的，因為你是壁虎[1]呀。

不知從何時起來到我身邊的高堂這麼說。

——打從一開始就是這樣嗎？

我用奇怪的沙啞聲音反問，內心卻也了然認同：哦，原來這就是壁虎的聲音呀。

——沒錯，你只是在做夢，夢見你變成人了呀。

高堂以我從來沒有見過的溫柔神情說明。哦，原來是這樣呀，我只是在做夢呀，我安心地接受這個理由。突然起了一陣強風，為了不掉落，我四隻腳使力抓緊。

然後就醒了。後門被風吹得搖來晃去，周遭一片陰暗，吹進帶有溼氣的風，看來午後雷陣雨將至。才剛聽到啪拉啪拉的雨滴聲，頓時鳴金擊鼓驟雨急下。

大概還有些睡意吧，神志不是很清楚，只見屋頂上到處出現如蕾絲的白色皺褶狀物體，起身仔細觀察一番，覺得應該是這植物的花吧，白色花瓣周圍纏繞著白絲，如呼出的空氣。我好像又繼續做夢，還是現今就在夢中呢？

玄關傳來人聲，我動作蹣跚地前去應門，原來是學生時期的學弟來了，他姓山內，現在在隔壁市鎮的出版書肆上班，擔任編輯。我引他進來看這奇妙的景象。

1　壁虎的日文別名即為家守。

——哦，這是王瓜的花嘛！怎麼，學長沒看過嗎？

——王瓜也會開花嗎？

——怎麼這麼說？要結果當然會開花嘍，通常在傍晚時分開，據學長的說法，這裡白天也跟夜晚一樣，它才會大白天就開起花吧？這裡門戶洞開，常有蟲子飛來飛去，相信到了秋天就會結實纍纍吧！

我不禁想像著從屋頂上到處垂掛著王瓜的景象。

——應該會很熱鬧吧。

——可是長得這麼茂密，屋主不會說話嗎？

——怎麼可能不會，我也覺得很困擾呀。

——不過，如此茂盛，還真是少見呀。

山內盤起手臂瞪著屋頂看，突然伸出手說：

——咦，這是什麼？

從白色花朵中取出一塊有如乾枯樹皮之物。

——原來是壁虎呀。

我往山內手上看過去，果然是一隻乾癟硬掉的壁虎。

——這傢伙為什麼會藏在花裡面？可能是爬在屋頂上時掉落的吧？不過，這樣子好像是被花吸光了精氣一樣呢。

——嗯。

我順手拿起那玩意，仔細看著，不禁開口說：

——算了，也無所謂啦。

竹子花

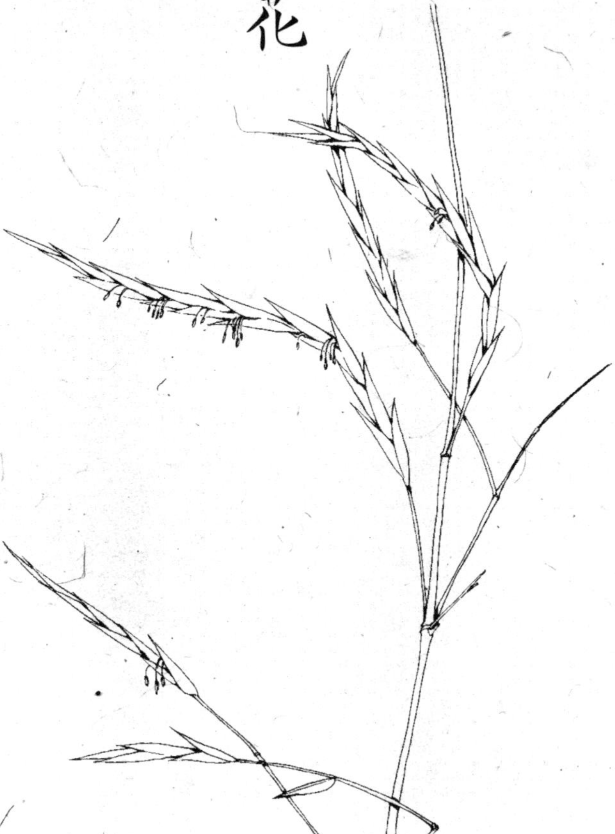

我遇見了剛下火車的和尚，在一個下著霧般小雨的午後。當時我到車站寄出稿子，正準備回家。

——剛回來嗎？

——嗯，山上有些事要忙。

我們很自然地一起往回家的路走，途中和尚問說「意下如何？」我回答「好呀。」指的是下棋的事。於是我過家門不入，直接往和尚的山寺前進。穿過渠道，爬上緩坡時，雨霧愈來愈濃，眼前儼然一片霧茫茫，根本看不見路，就連一向習慣霧氣的和尚也不得不用手杖探路。

——應該已經到了山門附近才對。

從爬上坡道以來，已經過了一段時間。仔細一看，霧氣已漸漸散去，道路兩旁緊鄰著竹林。我不禁納悶前往和尚山寺的山路周圍可有這樣的地方？

——看來這一次……

和尚停下腳步低喃，

——跟上回貍貓作祟的情況完全一樣。

——那是什麼時候的事？

我不禁拉高聲調，近乎尖叫。

這時從竹林前方，出現一盞煤油燈光慢慢靠近。霧中的燈光朦朧，直到靠近時才看清楚，提燈人是頭上包著布巾的女子，道路兩旁緊逼的竹林像是從中作阻，只見她行進困難，低著頭走路，看不清長相。女子停住，用細微卻清晰的聲音說：

——我來迎接你們了。

身上穿著淡紅色的薄紗和服，和她頭上包的布巾很不相襯。

——哈！這傢伙是狐變的，難怪我覺得跟上次貍貓的情形很像，好極了！

和尚在我耳邊低語。

——剛剛你不是說過跟狸貓那一次完全一樣嗎？

——嗯，是呀，世界就是這麼有趣呀！

和尚有時的確很馬虎，偏偏今天特別嚴重。狐女率先走在前方，和尚緊隨在後，不得已我也只好跟著一起走。

不知不覺，我們似是踏進了竹林裡了，霧像移動的牆壁般緊跟著我們，狐女行進間還得不斷撥開左右兩側襲來的矮竹枝葉。

不知道走了多久，回過神來竟來到熟悉的山路上。

突然間，狐女轉過身對著和尚大喝一聲：

——還不退下！

只見和尚臉上浮現平常不曾見過的猥瑣笑容，瞬間便煙消雲散，附近的竹叢也發出巨大的聲響。看到我一副中了邪的驚訝狀，狐女稀鬆平常地說：

——那是狸貓。

我嚇壞了，怯生生地說：

——牠說剛從山上回來。

——應該是指一乘寺的貍谷不動山，大概是有聚會吧。

——牠想騙我嗎？

——可能只是想作弄你一下吧？可惜來到這裡遇到了更厲害的高手，反被愚弄。

——那是……？

——竹子花。聽說六十年才開一次花，現在山寺的周圍開滿了竹子花，走路得小心點！真正的和尚就在前面等著，我們過去吧。

狐女，不對，應該是和尚派來接我的女子領著我來到寺廟山門前。我在山門附近遇到了和尚。

——總算讓你給走到了。

和尚大聲說。

——是啊，一路好辛苦呀，又是貍貓又是竹子花的。

——哦，說得也是，早上也有位施主說要來，等了半天也不見人影。

——該不會出事了吧？最好還是拜託人幫忙找呀。

——不用不用，想必到了明天，他會一臉羞愧地跑來說自己去了竹林公主府上叨擾一晚。

真要是那樣，就算被貍貓騙也還不錯嘛！

——感覺我好像錯過了什麼好事，都怪你派來接的人太早出現呀。

話一說完，心想失言了，趕緊往女子的方向一看，已經不見了。

——派人接你？我沒有呀，我連你要來都不知道哩。

簡直是丈二金剛，叫人摸不著頭緒！可既然來了，還是先進廟裡跟和尚對奕一局再說，偏偏心神不定，輸了棋局。到了該回家的時刻，想到又要走同樣的山路、再度被騙，不管是被竹子花耍還是被貍貓作弄，感覺都很不舒服。

——喂，五郎來接你了，不知道是誰派牠來的。

和尚看著庭院低喃。我抬頭一望，果然看見一臉聰明的五郎坐在那裡。

——五郎，你來了呀！

聽到我的聲音，五郎立刻搖著尾巴站了起來。沒辦法，我只好向和尚道別，裝出一副不在意的樣子下山，最後也平安回到家了。

一進門先到廚房燒開水泡茶，然後坐在沿廊邊，和五郎分享和尚給的甜包子供品，突然發覺百日紅的樣子不大對勁。

上前仔細檢查發現，百日紅遍體覆蓋著的，不就是凋零破碎的竹葉和竹子花嗎？看上去就像是跟竹叢格鬥了一番似的。

我心中頓悟，卻不動聲色。

白木蘭

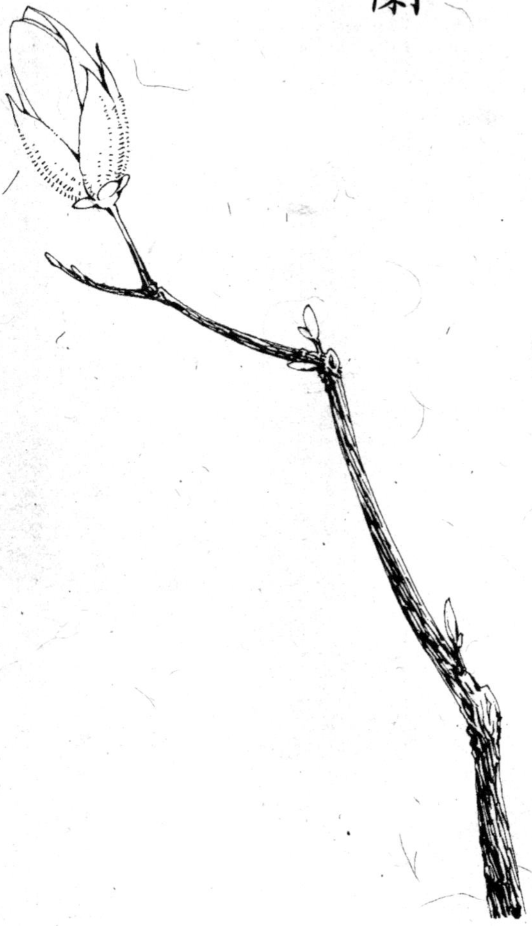

中午過後，才覺得天色忽然變暗，馬上就淅瀝嘩啦下起了大雨，還伴隨著雷聲大作。起初還好只在遠方天際隆隆作響，突然閃過一陣強光，登時就出現劈劈啪啪幾乎快震破耳膜的暴烈聲響。我擔心百日紅的安危，趕緊跑到沿廊上探望，還好它平安無事。雷聲依然隆隆，但已逐漸遠去。

傍晚雨停了，走進庭院散步，發現木門邊、面對道路生長的白木蘭結了一朵花苞，然而現在根本不是白木蘭花季，真是奇妙！儘管並非順應天時的風情，黃昏裡冒出一顆朦朧亮白如女兒節燈籠的花苞，還是讓我看得出神。

隔天聽見有人在玄關前叫門：「有人在嗎？」出去一看，是上次那個抓蛇人。

——前一陣子打擾了。

——我什麼蟲都沒抓到。

我趕緊告訴對方，擔心自己可能在不知不覺間跟對方立了什麼契約，只見抓蛇人閉上眼睛、抿著嘴巴，眉間堆起了皺紋，輕輕搖頭，意思是說，他不是為這件事而來的。

——昨天有雷落在這附近了吧？

——的確是有很大的雷聲，可奇怪了，應該不是落在這附近。

——不，肯定就落在這裡。

接著他又改口，煞有介事地說：

——府上庭院裡的白木蘭因此受孕了。

——受孕？怎麼回事？

——閒話不多說，總之就是白木蘭懷了龍子呀。

——該不會是那個……

＊ 白木蘭：日文名白木蓮，中文別名白玉蘭、玉堂春、迎春花：木蘭科落葉灌木或小喬木。木蘭原產於中國西南（雲南、四川）一帶，單葉互生，寬卵形，先端尖，四至五月開花。

——就是那個花苞。

抓蛇人點點頭，濁黃的眼白突然發紅充血，令人感覺很不舒服，可是我又不希望讓他看出我心中想法，便故意強調說：

——我可不打算賣。

——我說先生呀……

抓蛇人早已看穿我的心思，像要安撫不聽話的小孩般，壓低聲音一個勁兒勸說：

——假如我說出龍子的價錢，先生肯定會改變心意吧！

說完後立刻報上數字。老實說，真的嚇到我了，但畢竟是我日常生活中難得一見的金額，反而缺乏真實感，於是我理直氣壯地回絕：

——原來在你眼中我是個可以為金錢改變意志的人？我就那麼沒有節操嗎？真令人不悅，你還是走吧！

原本在庭院裡的五郎感應到我強勢的態度，馬上跑過來對著男子低吼。男子看來很怕狗，只見他臉色發白，立馬轉身離去。

——乖，五郎，做得好！你聽好了，要是半夜那個人又來，你就大聲吼他。今晚起你就睡在那棵木蘭下面吧，我幫你搭個看守小屋。

我從沿廊底下取出木板，臨時造了間小屋，放在木蘭樹下。還聽見鄰家太太經過時很高興地對五郎說：

——哎呀，五郎，搬新家了呀？好漂亮的新房子，你出人頭地了呢！

這話說得一點不假。五郎的確憑著牠與生俱來的本事，為自己保住一條活路、掙得一片天地。

半夜聽見五郎叫了一次。迷迷糊糊之際，心想是那傢伙來了吧，但我實在太睏，決定交給五郎處理。天亮後前去確認，花苞依然健在。

——做得好，五郎！

說著，捧著五郎的脖子使勁搓弄，算是稱讚。五郎顯得心滿意足。過了幾天後，花苞愈來愈大，就在我認為明天即將開花的前一夜黎明，聽見畫軸傳來水波聲，馬上就看到高堂的船頭衝出了壁龕。我當然還躺在被窩裡，只是已被聲響吵醒。

——你這冒失鬼！不要胡來，會把壁龕給撞壞的。

——抱歉，我一下子輕忽，失了準頭。

高堂儘管嘴上這麼說，卻是一副不在乎的表情走了出來。

——今天應是雷孵化的日子吧？我是專程來看的。

說完大剌剌地穿越房間，前往看得見庭院的沿廊。

——哎呀，五郎，你主人幫你蓋了漂亮的新房子呀？你的表現肯定不錯。

五郎一看到高堂便馬上過來，大叫一聲「汪」算是回答。當初飼養五郎，我不是很情願，還放話絕對不會幫牠搭建小屋，如今高堂抓著我的把柄取笑，真是個愛計較的傢伙！我心裡很不是滋味，拉上被子打算繼續睡覺。

——喂，過來呀！你不跟我一起看嗎？

高堂大喊。

——好啦好啦，真是拿你沒辦法。

我只好踢開被子，粗魯地坐在高堂身邊。

魚肚白的天空顯示今天將是晴天。五郎也專心一意地用著期待的眼神注視著木蘭的花苞。突然，一記尖銳的聲響像是劈開空氣般，幾乎就在同時，一道白光閃過，只見木蘭花瓣輕飄飄落下，一條細如白蛇的小龍——何以知道是龍呢，因為我看到牠頭上有小角——咻地一聲騰空飛去。

瞠目結舌的我不假思索就赤腳跑下庭院，眼睛直盯著小龍飛去的方向。小龍閃著銀光，像一道光線消失在遠方的天空。

——孵化出來了呀。

——嗯，飛回去了。

高堂和我仍持續凝視著天空。

——是一條白龍呀。

——嗯，是一條白龍。

五郎則是靜靜地凝視著散落在地上的白色花瓣。

木槿

寒蟬一聲接著一聲不間斷的狂熱嘶喊，如今已遠去，殘存的叫聲時而顯得氣竭力盡，時而像是突然在耳邊敲鑼般響亮卻又後繼無力地消失，讓人產生「今夏又將就此虛度」不知是焦慮還是感傷的莫名心情。大抵住在日本又經歷過幾次此地夏天的人，都會對寒蟬的衰退心生感歎吧！我之所以特別感觸良深，乃是由於收到旅居土耳其的友人村田來信，信中提到當地寒蟬不會叫的關係。

前幾年，搭載土耳其帝國使者的軍艦「埃圖魯魯號」在返國途中，於和歌山灣遭遇颱風，造成六百五十名船員中有五百八十七人溺斃的慘劇。當時不僅是警方，就連當地漁民也都奮力搶救，讓土耳其皇帝十分感念，為促進兩國友好關係，乃招聘一名日本考古學者前往該國從事土耳其文化研究。就這樣，我的朋友村田雀屏中選。去一趟土耳其大不易，這是個增長異地風土見聞的難得機會，因此送行時我千交代萬交代，要他努力寫日記，累積一定數量就寄給我看。只是我不認為村田文采斐然，文章要發表之時，少不得我捉刀幫忙吧？所以早有忝盡微力的心理準備。

庭院東北方略微高起的角落有一取水口。渠道的水形成小河從該處流進水池，僅有小河兩側稀疏地種了一些綠樹，隆起的一角日曬充足，卻光禿禿的像是座荒蕪沙山。恰巧收到村田的來信，我便將沙山取名為土耳其。村田所在之處聽說是個綠意盎然、頗為繁榮的都市，他說日本人一聽到土耳其立刻聯想到沙漠，其實是錯誤的，可是為表示我對他所處異地的遙想，自認為這次的命名十分風雅，且每次一看到那沙山，就會想起身處異國的朋友村田。

我那土耳其山丘前，有座低矮的石燈籠，旁邊種著木槿樹。燈籠的存在並不會影響我的異國思情。聽說土耳其挖掘古蹟的風氣興盛，石造的燈籠遠看

＊ 木槿：中文別名水錦、無窮花。錦葵科落葉灌木。原產於亞洲，花形呈喇叭形。整株植物可達二至四公尺高。七至九月開花，朝開暮謝，花期很長。

倒也像是風化的石柱，只是不知土耳其可也有木槿？這點我就有些心虛了。既然信中提到綠意盎然，應該也會有花開吧？百花之中，總不可能沒有跟木槿相似的花朵吧——我如此說服自己。可以的話，我也希望五郎逛到那兒時，多少能營造些許有羊出沒的風情，但畢竟五郎是狗，我沒有開口強求。

根據村田的描述，聳立當地的清真寺中有許多原本都是基督教教堂。奧圖曼土耳其征服該地時，將教堂內部基督教主題的壯麗馬賽克畫整片用灰泥塗去，真是蠻橫粗暴！但願有朝一日能剝除那層灰泥——除非有革命，否則很難吧——據村田說，這是他目前唯一的願望，我對此深表同情，想到被塗封的聖母、基督，很是心痛。

或許是手上拿著信，沉思此事的緣故吧，當我舉目望向那土耳其山丘時，竟看見一名女子，白色頭巾蓋至眼緣、神情哀戚地佇立在那裡。不可能吧？難道是感應到我的心思，突然自異地駕臨？我半信半疑地探出身子，卻又擔心表現得太露骨，趕緊將視線避開，然後又小心翼翼地再偷看一眼，怎麼看都覺得是人，而且身分還很高貴神聖。

正值夏末，一早起來天氣依然炎熱，使我的頭腦就像煮過頭的寒天一樣混沌，此時更陷入恐慌，該怎麼做才好？

眼角瞥見縮在一旁的五郎抬頭看著那名女子。果然，五郎也看得到她。

這下該如何是好呢？我一向沒有那方面的信仰，就算她來到我身邊（或者該說是降臨？）我也無可奈何呀。還是說，我該當場信教呢？

內心還在猶疑之際，我已不自覺往後退，準備朝玄關邁去。總之，先跟山寺的和尚商量再說！他的見解應該高過我吧？不對，慢點！既然是和尚，那就不同了。他一定會鼓勵我：既然有緣，不如就此信教吧！

從庭院走出來的五郎哼著歌——這麼說是有些誇張，但牠的確就是那麼悠哉的樣子——經過站在玄關前陷入沉思的我，外出散步，令我不禁很想對著牠的背影追問：「喂！你這麼悠哉，難道一點都不在乎那位女士嗎？」旋即又轉念，走回庭院偷偷瞄了土耳其山丘一眼。

印象中那位女士原先佇立的地方，如今只剩下那棵開著白色花朵的木槿豎立，該不會是我把花給看錯了吧？不可能，剛剛明明就是人的形狀，雙手還交握在一起。我連忙回到屋裡，再一次自同樣的角度確認。

不料高堂不知從何時來到屋裡，坐在沿廊的藤椅上。我有如抓住一線生機，趕忙說道：

——喂！高堂，不得了了，不得了了呀！

——我知道，有客人來了是吧？

看著一臉驚慌的我，高堂的語氣聽不出絲毫同情，一副事不關己的樣子，好像全世界都在他掌握中似的，著實令人生氣。

——你怎麼會知道？不，你應該也知道吧，村田現在人在土耳其，我讀到他信中提及當地聖母被封印的事，不禁心生同情，難道是這個原因嗎？

——八九不離十吧。怎麼樣，現在還看得見嗎？

啊，對了，我就來確認這個的呀，趕緊將視線移向土耳其山丘，或許是因為有花朵，感覺影像比剛才模糊許多，但還是有人的輪廓在。

——剛才更清楚。

——是吧，每年都是這樣，一會兒就會完全消失。木槿花盛開時，她就會現身幫忙，就像逢季節出現的海市蜃樓。木槿樹旁邊不是有座石燈籠嗎？

——嗯。

——那是由於下半段埋進土裡，高度才那麼低。埋進土裡的部分刻有地藏菩薩浮雕，但其實是將聖母瑪利亞刻成地藏菩薩的形象，因此也有人稱它為馬利亞燈籠，原本是織部品趣[1]的一種燈籠造型，故在愛茶人士之間頗為風行，但它的作用是供祕密信奉基督教的人將該部分埋在土裡膜拜。

我聽了先是啞口無言，又急切地反問：

——既然如此，那就挖出來呀，高堂？把它挖出來弄乾淨不是很好嗎？

高堂有些不耐煩地說：

——你怎麼這麼天真呢？我當時——頭一次看到這現象時，還很小，可是聽了當時身旁的叔父說明後，便明白了。所謂的信仰，乃是深植人們心中，因此才能浮現出那樣真切優美的影像。當然，也由於是飽受風雪摧殘，歷經萬苦鍾鍊出來的信仰，才會呈現這樣的形式，並非把它挖出來呈現在世人面前就一定是最好的，尤其，它和現下住在這裡的我們分屬不同宗教，就算挖掘出土，只會讓它暴露在眾人好奇的視線之中，我擔心那反而會危害到最重要、最純粹的部分。

聽到高堂語重心長的說明，我意識到自己的急躁和膚淺。好！我決定將這番話直接寫在信中回覆給村田。告訴他：聖母、基督雖被塗封在灰泥之下，卻也可能因此受到保護。

我正為自己的想法沾沾自喜時，坐在藤椅上的高堂眼神遙望著木槿說：

——綿貫，你看，快要消失了，朦朦朧朧的，好美！明年也還會出來，一定會。

一陣悲傷的涼風吹來，看來已到了向晚時分，暮夏跟夏天的感覺畢竟是不同。

1　古田織部（1544-1615）戰國時代至江戶前期武將，以茶道家聞名。壯年期擔任織部正官位，故有此名。千利休集茶道大成後，織部承繼之，喜愛大膽自由風格。安土桃山時代延伸到茶器製作、建築、造園等，成為一大流行，有「織部品趣」之稱。

輪葉沙參

好像是河童來逗留兩、三天吧，五郎又送牠回朽木村了。

——河童難免不懂得拿捏分寸，得勸勸五郎最好跟牠往來不要太過密切才行。這一次根本就是故意找上門嘛！

鄰家太太眼神憂慮地對我提出忠告。我心想五郎已經知道回家路怎麼走，倒是不怎麼擔心；然而河童上門實在太過頻繁，還弄壞了取水口，實在令人困擾，於是問鄰家太太該如何是好。

——這個嘛……村外的毘沙門寺會賣剋蜈蚣的符，卻沒有剋河童的。好吧，我去問看看。

鄰家太太答應幫忙找。

河童的問題交給鄰家太太，我則趕往車站寄送稿件。忙完後，一身輕鬆。車站南側是舊東海道，自古以來有許多賣茶水、糯米糰子的店家林立，曾經也有許多旅館客棧，而今僅餘斷垣欄杆，只依稀看得出原本用途，開口寬闊的屋簷下紙門緊閉著，寂靜不見當年榮景。

吹來的風夾帶一絲寒意，已是可喚為初秋的季節了。天高雲淡，清脆的鈴聲叮吟響起，該是掛在誰家屋簷下，對夏日依依不捨的風鈴吧？突然看見有戶人家二樓窗戶開著。從一樓的樣子看來，也是一間業已關閉的舊客棧吧？此時卻有年輕姑娘憑靠在欄杆上，而且還不是一、兩個人，而是有六人之多，朝我露出高雅又親切的笑容。我雖然不是很懂，但從事那種工作的人，不都是以更喧鬧的鶯聲燕語攬客嗎？她們卻只是安靜地微笑，一如親切的巫女（假如真有這種人的話）。難道找我有事？她們究竟是怎樣的一群姑娘呢？就身上的服裝而言，也還算端正合宜。

＊ 輪葉沙參：日文名吊鐘人蔘。桔梗科多年生草本根部肥厚，圓錐形，莖直立細長，單生或分生，光滑或被短毛，葉常呈三至五片輪生，具短柄或幾無柄，葉片橢圓形或卵狀披針形，前端短尖或漸尖，圓錐花序，花藍色或淡藍色，鐘形，蒴果卵圓。七至十月開花。

我抬起頭、張開嘴巴呆站在路旁的樣子，肯定很失態吧？有人路過看到，開口跟我寒暄問好，定睛一看，原來是肉鋪老闆。他可是很有先見之明，年輕時趁著文明開化的風潮，很早就開店賣起了肉[1]。

——哎呀，是這樣子的，我還以為這附近的旅館都關了，沒想到還有繼續營業的……

我以視線示意著姑娘們所在的欄杆，但上面的窗戶已緊緊閉上。大概是不想成為我和路人口中的話題吧，才會一下子就關上。

——那裡是最早歇業的旅館。

肉鋪老闆冷冷地回答，讓我好生尷尬。或許覺得自己的語氣不太好吧，他又接著說：

——前面的宿神[2]神社，今天有管弦樂人的聚會。

——哦，是嗎？

原本是琵琶法師[3]們的聚會，後來好像成了祭拜古琴、尺八等盲人樂師的法會。已經好幾年沒舉辦了，今天居然又有了。

——是祭典嗎？

——說是有人康親王的小型陵墓，他是仁明天皇的四皇子，天生眼睛就看不見——不不不，跟蟬丸[4]是不同人。在那裡曾舉辦首次告慰平家冤魂的法會[5]，一直到我小時候都還有，沒想到現在還會舉辦，不禁感到懷念，就趁著生意的空檔跑來看。

——原來如此。

1 在大政奉還之後五年，明治政府才解除持續一千二百年之久的肉食禁令，日本人才慢慢開始學習吃肉。
2 日本信仰中學習藝能、技藝者的守護神。
3 平安時代起在街上以彈琵琶賣藝維生的盲僧，相傳人康親王為祖師爺。
4 平安前期歌人，相傳是醍醐天皇的四皇子，盲眼、擅長彈奏琵琶。
5 相傳人康親王之子為平家宿敵源氏的祖先。

肉鋪老闆客氣地說句「今後請繼續光顧。」後便離去了。

這麼說來，剛才聽到的鈴聲，說不定是掛在盲人手杖上的鈴聲。也可能是管弦樂曲中的某種樂聲傳進了耳中。

連在回家路上，鈴聲就像混在初秋風中的一絲涼意，乍一響起又消失，消失又響起，彷彿飄盪在高遠的天空中。

回到家門口，我嚇呆了。

剛才那六名姑娘，此時正從我家二樓的欄杆上對著我微笑。

我趕緊走進屋裡，爬上二樓，果然上面沒有人在。我仔細地到處查看，還是不見任何人的蹤跡。我從姑娘們剛才所在的欄杆往下看，卻又看見她們愉快地走出玄關，一面轉著圈圈一面排成一列往庭院移動。

當然，我又如脫兔般衝下樓梯前往庭院，可是那裡已不見有人。遠方的天空再度傳來鈴聲，感覺就像是秋天愈來愈接近的聲音。

我從百日紅的旁邊走到土耳其山丘，到處查看有無人影，卻在土耳其山丘頂發現一株輪葉沙參伸長莖幹，上面開了六朵吊鐘形狀的淡藍色花朵。

於是心領神會：原來鈴聲是由此而來的呀！

野菰

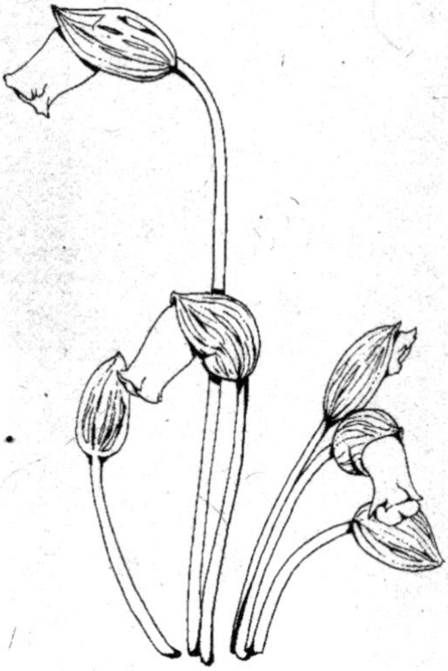

漫步在疏水渠道旁，看見蘆花已結穗，心想空氣的感覺果然和夏天已大不相同了呀，蟲聲也愈來愈嘈雜。季節變換，正常如序，有時不免覺得此乃人世間唯一值得信賴之事也。

這一天風有些強，才覺得一陣強風來自河面，猛抬頭，卻見一整座山的樹木被風吹得露出白色的葉背，我頓時停下腳步，看傻了眼。山表現出一副「怎樣！」的挑釁態度，不禁讓我低喃一聲「二百十日」[1]。突然間，從對岸的草叢中走出一名頭戴鴨舌帽的男子，看了我一眼。起先我並不知他是誰，直到男子過了橋，幾乎要與我擦身而過時，才好不容易看出他是抓蛇人。此時的他看起來很高大，以山為背景，整個人的比例大得嚇人，害我一時間膽戰心驚了起來。擦身而過的瞬間，我想他已認出我來，證明就在於他在帽簷底下確實對我微微一笑，只是不發一語。

不過這麼一個小動作，何以我會如此心神不寧？我理所當然地以為對方會先向我打招呼，可是他沒有。我是在氣這個嗎？然而回頭想想，我也沒有為他做過什麼，憑什麼期待人家噓寒問暖？我對抓蛇人的精打細算多少有些輕蔑，是否由於我如此傲慢，才讓他也以無禮的態度回敬？

說到無禮，彼此算是半斤八兩，互不相欠，可是讓我在意的是錯身而過時感受到的奇妙不安，那種感覺久久揮之不去。

這時颳起一陣強風，令人幾乎快站不穩。我直接往和尚的山寺走去，爬上坡道後，看見和尚正在關門閉戶。

——這種日子，怎麼會來呢？

＊ 野菰：日文名南蠻煙管。列當科一年生草本。常寄生於芒草根上，莖單一，葉片退化為鱗片狀，互生；花單立或密集成穗狀或總狀花序，夏、秋兩季開花。花紅紫色或帶紅紫色條紋。

1 日本的節氣之一，即立春後第兩百一十天的九月初，正值稻子揚花期，颱風較多，民眾會在這天舉行祭祀活動，祈求免遭風災。

——你是說二百十日嗎？

——是二百二十日。往敦賀路上的神社正在舉行鎮風祭典，前一陣子許多風蟲蜂擁而至，我還在想說也該來了，果不其然，這風說到就到。

——你說的風蟲，就是那種手腳很長、身體比蠅細……我家庭院昨天也飛來好多。

——沒錯，那蟲一預測到風，就會蜂湧而出。

——然後會怎麼樣呢？

——乘風而去呀。

——飛去神社嗎？

——不知道，但飛到神社時也已並非實體了。

與和尚說話，最後總是會像在打禪機。一般說來，蟲乘風飛翔，飛往花園還可理解，可飛往神社什麼的，實在是學過自然科學的人難以思及。可是我們和尚的非凡偏偏還不止於此。

——大氣如此騷動，會有許多東西跑出來，你可要好好留意你們家的百日紅呀！

我不記得跟和尚提過百日紅的事呀！難不成這就是所謂的法眼？心生佩服之餘，趕緊告辭下山。

回家路上又擔心起五郎，牠大概又順道遊山玩水，耽擱了回家的行程吧？是否這種天氣特別會令人心生不安？說到不安，我又想起剛才和抓蛇人之間的事。仔細想想，同為人類，在討生計的手段、求生存的本事上頭，我的確遙遙不如抓蛇人。單單就人的立場面對面相較，我可說遜他一籌。可是，一直以來我之所以能毫無懼色地面對他，應是我有那棟房子做為依靠的關係吧？換言之，在有家的狀態下我才能不卑不亢地和他說話，一旦離了家，我便開始不安，甚至在路上偶遇時，還會受他的氣勢所震懾！離開那房子的我，豈不就像失去外殼的蝸牛、被剝去蛹繭的簑蛾嗎？

這個想法讓我心情低落。

我不再想下去，趕緊回家，從地板下面取出一根長棒和一捆繩子，打算為百日紅的枝幹做些支撐補強。隨著風雨增大，我擔心它想進屋裡而造成我的困擾，百日紅卻顯出一副我很多事的樣子。

到了夜裡，風雨愈來愈大，我點起油燈。電燈在這種天候惡劣的夜晚根本靠不住。平時在家裡，油燈和蠟燭也總是留有備份，電這類無法親手確認其存在的東西，果然是不值得信賴的。沒錯，就像這樣，我本來是很講究實際的人，只是住進這間房子和高堂說起話後，就漸漸變得不正常了。

我多少也察覺到這想法其實是遇到抓蛇人那件事造成的餘波盪漾，不過就是自我厭惡的心情無的放矢罷了，卻還是更加厭棄自己，形成一種惡性循環。我心裡明白卻無法停止，簡直就是自虐。

——你這是被鬱悶蟲給附身了。

我完全沒注意到高堂何時來了。我點頭說：

——我也不知道該拿自己如何是好。

——大氣如此騷動，會有許多東西跑出來。

這句話跟白天和尚說的一模一樣，我驚訝地反問：

——會有什麼東西跑出來呢？

——你應該知道吧？

他這麼一說，我感覺自己好像也真的知道。

——今晚會我留久一點陪你。

高堂說得煞有介事，賣了我人情，然後前往沿廊窸窸窣窣摸索了一番，馬上又走回來說：

——有一隻風蟲卡在門縫裡動不了，我剛剛放牠出去了。

這事有那麼重要嗎？我卻突然覺得很睏，就這麼一覺睡到天明，連高堂什麼時候回去的都不知道。

清晨走出庭院，天空澄淨，風也平息了，發現在芒草根部冒出了宛如乾枯花朵的野菰。這花是寄生於芒草的植物，有種奇妙縹邈的疏離感，我很喜歡。

很高興今天早上看到野菰長出來了。

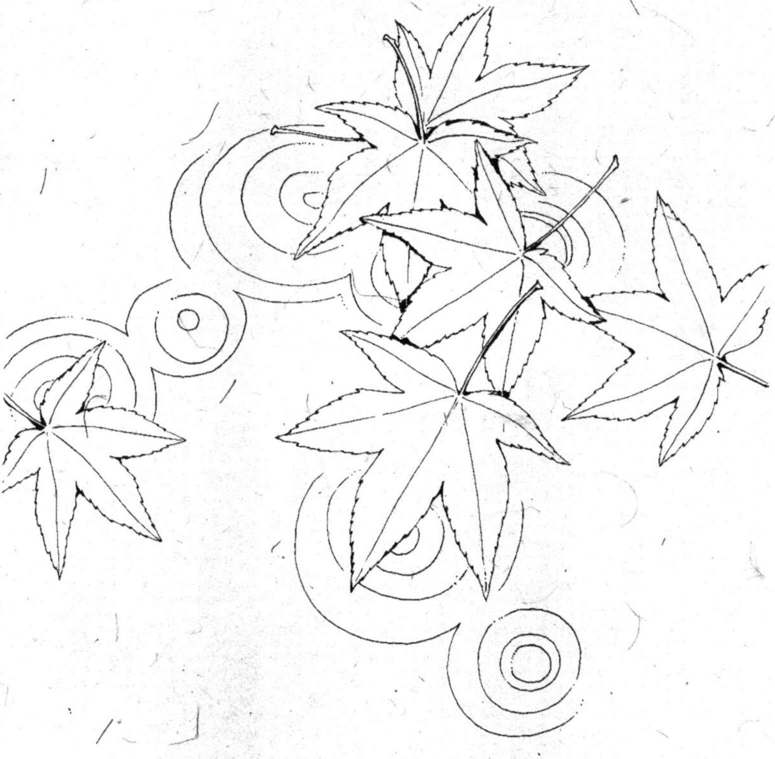

紅葉

狂風隔天，眺望渠道時，竟看見許多香魚群游在水面。與其說牠們是游往某一個方向，更該說是彼此搖晃著身體順流而下，高興地嬉戲吧。水量的確增加了，或許是設在湖中的閘門毀損了吧？

因是難得一見的景象，不禁想大聲通知旁人前來觀看。平常總是能看到這附近有人垂釣的光景，雖然收穫不怎麼樣，偏偏今天就是不見半個人影。

香魚在遠方的水面此一群彼一群地浮現。

我側頭思索卻百思不解，回到家，在門前遇到了五郎。牠很高興地搖著尾巴，一身的狼狽，像隻無主的野狗，看來昨夜的風雨讓牠吃足了苦頭。

——看來你沒忘記這裡，還知道回家嘛！

其實我差點脫口而出的是「看來你還沒丟下我嘛！」趕緊改口後摸摸五郎的頭，然後從廚房拿來一顆雞蛋，打在盤子裡讓牠吃，做為平安回家的賀禮。五郎幾乎是一口吞下那顆雞蛋，緊接著像是檢查外出期間家中有無變化似地到處聞聞嗅嗅。本以為牠要繞往水池，卻看見牠突然回過頭對著我大叫一聲，好像在說：快過來這裡看呀！牠一叫我便立刻趕過去，一見後大吃一驚——是一隻香魚伸出手抱住突出水面的石頭，而且上半身是女人。我不禁失控地叫了出來，對方大概也受到驚嚇，只見她有如魚體的下半身滑落一般倏地竄進水中，我衝上前去跪在池邊窺探。

看見她在水裡游。

隨波流動的長髮披散在後覆蓋上半身，因此只要雙手貼在體側，倒也不很顯眼。她輕輕擺動身體，靈活游水的樣子就跟香魚沒有兩樣。

這水池裡的水是從渠道經由取水口引進，再經由下游的出水口，夏天流進灌溉渠道，秋冬則流向當地河川。為了不讓流進水池裡的東西流走，出水口設有鐵網，因此不必擔心香魚會外流。

接下來該怎麼辦呢？

我留下神情緊張的五郎看守，自己走進屋裡，沉思了一會兒，突然想到必須留意別讓鷺鷥出去捕魚，應該學養魚場在水池上方張網保護。對！我應該這麼做。

事不宜遲，我得立刻去張羅網子，於是起身準備走出玄關，但內心其實沒有明確的目的地。這時學弟山內來了。對了！他是來拿一篇散文的稿子，要刊登在西陣織品業者分送給客戶的月刊上，多虧他居中幫忙介紹了這個工作。啊！可是文章我還沒結尾，趁他還沒開口，我先發制人說：

——哎呀，原來是山內，你來得正好，手上有沒有網子呢？

——學長怎麼一副很忙的樣子？網子，是要烤魚用的嗎？

我一聽，胸口感覺很不舒服。

——我才不是要烤魚。

——可是烤年糕的話，現在還太早吧。

——我不是要烤魚也不是要烤年糕，我是怕鷺鷥捕捉池裡的魚，打算張網保護。

——啊！是要那種網子呀。

山內是個好人，當下便忘了所為何來（至少看起來是），認真地幫我想對策。

——對了，去拜託網球社，跟他們商借舊球網如何？

——球網不會太小嗎？

——可以錯開來重疊幾層，交疊處綁起來，總可以覆蓋整個水池吧？

——可是就算用舊球網，那種窮學生讀的學校肯借給我嗎？

——最近聽說子爵家的少爺就讀該校，景況已大不相同了。

——為什麼子爵家的少爺會讀那兒呢？

——這我就不知道了，至少能確定的是他絕非笨蛋。

——唔。

即便是兩袖清風，氣勢倒是不輸人，可說是我倆的共通點。在這種情況下要是知道那子爵家少爺連頭腦都勝過我們，連面子都保不住那可是失策。

——開校友會時常向他們借場地，到時再幫你提起這事。

——不，那可不行，得愈快愈好，拜託！可不可以現在就去幫我跟他們交涉一下？

我熱切地懇求，連山內也察覺情況非比尋常。

——好吧，既然這樣我立刻過去。不過趁著這段空檔，請學長把文章寫好，到時就用文章來交換吧！

嗯，不愧是出了社會的人！我半是感佩半是焦急，只好鐵著臉點頭，送走連杯茶都沒能喝到便趕著離去的山內後，來到二樓的書房。

這篇文章唯一的要求，就是表現出明確的季節感，看似簡單其實不然。我坐在稿紙前念念有詞地思索文句時，聽見背後有人說話。

——怎麼了，寫稿有困難嗎？

是高堂。由於事出突然，嚇得我驚叫出聲，整個人都跳了起來。

——再沒有比這時節更容易寫出季節感了吧？即將入秋的時分。

——哪有那麼簡單呀！如果描寫的是現在，雜誌出版時便已過季了。我必須提前寫出未來的感覺才行，偏偏就是缺乏實感呀！

——對你這種老實人來說的確很困難。

高堂馬上就認同的態度更令我氣憤。

——季節的變換應該跟你沒有任何關係了吧？

——關係可大了！湖邊的祓禊儀式完成後，龍田公主便前往竹生島，與該地的淺井公主進行秋日拜會，不巧昨夜起大風，吹亂了一支拜會隊伍，其中一名侍女下落不明。

——龍田公主渡過大湖前往竹生島嗎？

——她得靠祓禊儀式過後澄淨的大氣渡湖。渡湖行列落在湖水中的影子，就寄宿在香魚上頭。

——然後隊伍就被打亂了嗎？

——大概是群山的樹葉剛開始變紅吧，飄落河裡，被吹進湖水中央，引得喜歡吃紅葉的鯽魚從湖北面的岩礁深處竄出來，剛好遇到龍田公主前往竹生島的行列，造成了一陣混亂。龍田公主結束這每年例行的拜會後，會前往坂本的日枝神社，她的侍女會從香魚改騎猿猴，越過叡山前往後吉野。今年因走失了一名侍女，而困在竹生島上。

高堂的話我聽得似懂非懂，也不明白這跟高堂又有什麼關係，為何他要如此幫忙奔走呢？難道是不忍心看到淺井公主為賓客的事而煩惱嗎？

——淺井公主是何方神聖呢？

——就是管理這片湖水的女神呀。

——你們很熟嗎？

或許是我的質問中多了點特別的急切語氣，高堂不高興地轉過頭去回答：

——只是有過一面之緣，畢竟我們生活在不同的世界，怎麼可能會熟呢？

——就只是這樣嗎？

——就只是這樣。

關於淺井公主的事，下次再好好問個清楚。

——那你現在要去找那名侍女嗎？

——早就找到了。

高堂看著我歎了一口氣。

——龍田公主一行今晚將隨月升出發，麻煩你轉達：要是沒趕上，後果自行負責。

說完這句話便下樓離去。

龍田公主嗎？我有種意外撿到好東西的感覺，繼續振筆疾書。

葛

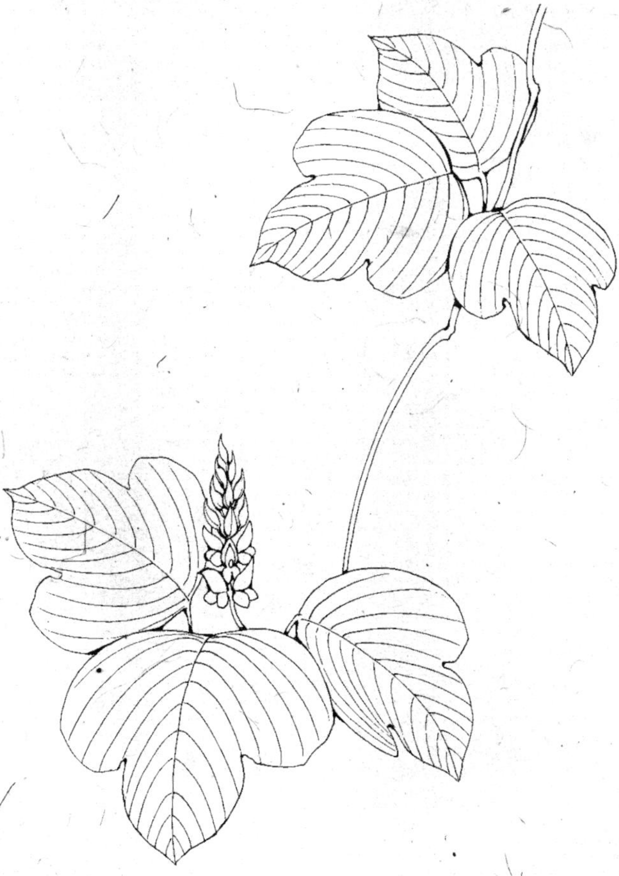

黑色小蟲在我手臂上走動，然後停在手肘附近。心想牠就習慣待在那裡，居然化成了一顆痣，擦也擦不掉，剛剛明明就是一隻蟲呀。我手肘上一顆小痣這等事，不至於引起任何人的注意，卻也不可思議。不過畢竟是小事，決定置之不理，忽然間卻又納悶起人們能容許的怪異程度究竟有多少？

唉，算了吧，還是先記錄下眼見的事實。

那篇文章最後在「龍田公主收好晚秋的綾羅錦衣」這有如寓言故事的結尾上畫下句點。剛好這時山內也氣喘吁吁地扛著球網回來，說是社團辦公室裡沒有人在，便留下字條，自行將球網扛回。

——反正他們也只是收著，放在這兒保管不也一樣嗎？何況知道東西在哪，需要用時自然會過來說吧。

山內這番話說得還真是豪氣！

——哦！原來是有香魚呀。

香魚女躲在覆蓋池面的大吳風草[1]濃蔭下休息，看得不是很清楚。

——好像是人魚的樣子呀？

——看起來的確是很像。

山內只瞄了一眼又繼續專心手上的工作。想到自己發現香魚女時狼狽的模樣，不禁為自己的膽小感到羞愧，這傢伙說不定是個比我想像中還了不得的一號人物！

由於手邊沒有適當的繩子，我們從後山拔來葛藤綁住球網重疊的部分，然後在水池四周豎立細竹桿，將球網的洞套上，覆蓋整個水面。

1　日文名石蕗，中文別名橐吾、山菊。菊科多年生草本。分布於日本以及中國兩湖、兩廣、福建等地。多角形基生葉，葉心形至腎形，邊緣多角形並具微鋸齒，黃綠色，革質。十至十一月開花，頭狀花序成圓錐狀，具黃色舌狀花，瘦果具白色冠毛。

——這裡是高堂學長的老家吧。

山內坐在沿廊上，喝著自己帶來的冰麥芽糖水[2]。

——是呀，他常常會來，剛才也來過。

——我想也是，畢竟這裡的池水也是從大湖引來的。我也好想跟他見上一面呀。高堂學長明明在荻之濱划船，結果船卻是在竹生島附近發現，我常常在想怎麼會那麼奇怪呢？

——聽你這麼一說，確實很怪。

我也喝著山內帶來的冷飲，回想當時大家都在對岸拚命尋找，終究沒能找到高堂的遺體。

——學長知道嗎？那雖然是湖，但竹生島附近的水極深，聽說底下的水還是冰河時期的呢！沉下去的屍體不會浮上來，能永遠保持年輕狀態不會腐爛！

——嗯，我也聽說了，當時我們不是一起聽到的嗎？

那是當地漁夫安慰我們，要我們安心放下的話。

——會是受到湖水的吸引嗎？高堂學長以前很喜歡湖嗎？

——不知道，也許是同一時期發生的吧，他提起過淺井公主之類的事。

——哦……

山內眼睛閃耀著光芒。

——請寫下來吧！

我差點打翻手上的冰麥芽糖水。

——你是說高堂的故事嗎？

——是的，高堂學長的事，還有人魚的故事等等。

那種東西能當成小說題材嗎？我有些茫然地拒絕：

2 麥芽糖以水泡開後，加入薑汁或薑泥調味，是關西地區普遍可見的消暑飲品。

——我不喜歡直接將日常生活寫出來當作文學賣錢！

——這不是喜不喜歡的問題！難道學長甘願放棄這樣的傑作，就這麼過完一生嗎？

山內這傢伙還真是直言不諱。

——而且我也想多知道些高堂學長的事。

山內微微低著頭低喃。說起來，這傢伙以前就很仰慕高堂。

——慢點！這件事得先取得本人的許可才行，不然他化成鬼來找我就糟……不對，他已經來找過我了。

——好的，相信高堂學長也會有興趣。

山內自信滿滿地笑著，說完便回去了。

屋裡一下子變得好安靜。五郎可能是去隔壁家了，沒看見牠的身影。我躺在客廳的榻榻米上。

把高堂的故事寫出來……不行不行，那是以後的事，現在的我還寫不出來。不過至少可以先寫下一些備忘吧。嗯，想到就做，我立刻前往二樓。

坐在窗邊時，百日紅伸長的樹梢輕輕碰了我一下。剛才高堂臨走時說了什麼呢？我一點都想不出來。

由上俯瞰外面，整個水池都覆蓋著球網，簡直就像囚牢。這下子人魚想爬到石頭上休憩都有困難吧！應該稍微將網子架高一點才是。想到這裡，我又趕緊下樓，走到庭院。天色已漸漸暗了，水池中傳來撲通的聲音。

人魚從水面探出頭來，伸長手臂，指著融進黃昏中的一點鮮豔紫紅夜色，仔細一看竟是葛花。看來是山內故意將即將綻放的花苞留在當作繩子的葛藤上了。

人魚將手伸出網眼，摘下最早開花的那一朵，落在池中，紫紅的夜色便漂浮在如鏡的池面上。

胡枝子

——你聽過仙女的羽衣嗎？

睡眠中突然枕畔有人說話，受到驚嚇不禁跳了起來。原來是高堂，明知道他會突然出現，卻還是很難習慣。

——不要嚇我！要來之前至少給個訊息吧。

我真心地請求。

——難道要我先跟你打聲招呼說「嗨」嗎？那跟嚇你還不是一樣。重要的是仙女的羽衣呀。

——知道啦，你是說漁夫藏匿仙女羽衣，娶她為妻的故事吧？

——那是發生在位於湖北面更北方某個小湖的故事。

——有那麼近嗎？我知道那個湖。

——這個故事的寓意，是要告誡男人，想占有也必須知分寸。

難得高堂講話如此拐彎抹角。

——然後呢？

——你打算對那個人魚怎麼樣呢？

這件事我想都沒有想過，只是在我的頭腦尚未完全清醒運作之前，嘴巴已自顧自地動了起來。

——以前不是有位叫做舒梅亞的德文老師嗎？

高堂一副凝視著遠方的表情說：

——嗯，有呀。

——有一年的聖誕夜，他邀請一些人到他家去玩，他的家人也從德國來到日本。

＊ 胡枝子：日文名萩。蘇木科胡枝子屬常綠灌木的總稱。原產於大陸、韓國及日本。日本秋日七草的代表。莖多枝，枝叢生，細長近於平滑。葉具長柄，三出複葉；小葉長橢圓形或闊橢圓形，前端鈍或近於圓形，並有微尖。七至十月開花，總狀花序腋生，花紅紫色。

——嗯。

——他女兒在那天晚上演唱了羅蕾萊[1]的歌曲，我無法忘記。

——哦！

我為自己說出來的話震驚不已。如此說來，還真有過這麼一回事。當我看到那人魚坐在岩石上時，腦海中的確響起了羅蕾萊的旋律，只是當時沒有意識到歌聲源自何處。就在我為這番話驚魂未定時，高堂說：

——你這個人根本就看不清自己，也不懂人情世事的微妙，就憑這一點淺見也想寫作，我實在是服了你！

這種氣氛下，實在難以向他啟齒說要寫他的故事，況且他說的又都很對，讓我益發尷尬。為了謹慎起見，我試著問：

——看清自己，究竟是怎樣的狀態？

——雖然說每個人都可能看不清自己，但像你這樣也算少見，我才會這樣跑來幫你！

這可真令人意外。

——我不記得拜託過你要來幫我。

——所以才說你看不清自己。

又變得像是打禪機，我最害怕這種情形了。突然我靈機一動！

——該不會是蘇格拉底所謂的偉大的無知吧？

高堂頓時啞口，然後歎了口氣說：

——唉，也許是吧。

我有一點點收復失地的感覺，於是小心翼翼地接著說：

——山內提議說要我寫你的故事。

1　羅蕾萊（Lorelei）為德國民間傳說中萊茵河裡的水妖，以美妙歌聲迷惑過往的船隻旅客，使他們發生船難。

——哦。

我不知道他的「哦」到底是什麼意思的「哦」，正想臆測他的真意時：

——這裡離南禪寺的山麓不遠，馬上會有一隻猿猴跑來，待會兒讓你的仙女騎上猿猴到南禪寺，和來自叡山將南下前往東山的隊伍會合，知道嗎？

高堂說完立刻就離去了。

隔天早上，來到庭院，水池裡有一隻香魚——貨真價實的香魚——自由自在地游泳。昨天落下的葛花已然不在，取而代之的是同樣形狀，卻細小一圈的胡枝子花幽寂地漂浮在水面上。

我還得將球網給收拾好才行。

芒草

由於是中秋夜，我去採了些芒草回來。從壁龕取出那只有缺口的花瓶擺在門前長條凳上，將芒草插好。光是這樣就已顯得十分風雅，相當像樣，糯米糰子就可以省了。

下午帶著五郎越過街道，目標是位於我們家東南方位的牛尾山。倒也沒有什麼確切的目的，只是覺得秋高氣爽，天氣晴朗，自然散發出一股想往山野嬉戲的思古幽情。

牛尾山麓散落著一些自古以來就有的農家，景致悠然。目前正是秋收的季節，日前的狂風使得倒落的稻草到處可見。稻穗金黃，盛開在田埂上的紅花石蒜1如燃燒般火紅，淺淺清流像是巡視庭院般地流經每一戶農家。五郎在岸邊草長處的淺灘低頭喝水，我則從面向馬路的農家門前長條凳上拿了一顆糯米糰子享用。這附近沿街道的村莊，都有這種慷慨的習俗，常會準備茶水點心供路人使用。紅蜻蜓高飛在天空中。

愈往山上去的道路愈小，也愈彎曲陡急，路上農家也愈來愈少。流經山麓的疏水渠道，源頭看似一條小河，在這裡形成稍深的水澤，發出嘩啦啦的水聲，走在旁邊，感到些許涼意。覆蓋在頭頂上的青楓，還沒有完全轉紅，隨風搖擺沙沙作響。路旁崖壁上有間供奉波切不動明王的小廟，看見有鮮花供著，不禁讚歎在這條小路上的小廟自有其魅力吸引信徒前來。但為什麼這裡會供奉波切不動明王呢？我想上前閱讀建廟緣由，可惜小廟的魅力對狗起不了作用，五郎已逕自走過繼續前行。

不久來到山頂上的草原，立著一根路標，說是可直接通往醍醐寺的後院，或者，繞過音羽山往湖的方向前進可抵達石山寺。石山寺乃當年紫式部留

1　日文名彼岸花，蒜科，多年生草本，原產於中國長江流域，有鱗莖，廣橢圓形。葉帶狀較窄，色深綠。七至九月開花，花莖長三十至六十公分，頂生傘形花序，花瓣倒披針形，向外翻捲，雄蕊和花柱突出，色鮮紅。蒴果背裂。日本人認為彼岸即為死後去的地方，多以此花為不祥之物。

宿，完成《源氏物語》其中數卷的地方，我從沒造訪過，因此決定遠征。

似乎有山豬的氣味，只見五郎忙著用鼻子一下子嗅聞遠方的草叢、一下子嗅聞附近的樹林，來來回回地跑，每當我發現看不見牠的蹤影，只要大叫牠一聲，牠又會從某個角落的竹叢裡突然現身。

太陽逐漸西沉，穿越重疊枝葉射下的餘暉，金黃的顏色也愈見濃郁。走出樹林來到豁然開朗處，眼前是一片染上赤褐色的草原。大概是因應政府的植樹計畫，將此處的雜樹給砍光了吧，隨著傍晚的冷空氣，周遭瀰漫著一股樹木的香氛。

月亮緩緩爬上東方天空，好一輪完美無缺的滿月。我靜靜欣賞了一會兒，心情有些激動，又蹣跚地踏上山路。樹木枝葉重疊的地方，的確顯得陰暗，但月光照得進來的空隙仍屬多數，走起來還是讓人心安。

忽上忽下的山路迂迴，前前後後也走了好幾個小時吧，爬完幾次上坡路後，終於跨過音羽山，來到石山寺的上方。

這附近的林樹被砍伐，經過一個夏季之後，已化成整片芒草原。月光照遍整個平坦的山頂，亮如白晝，但毋庸置疑現在並非白天，而且有影子，不是陽光造成的陰影，那影子還蠢蠢欲動。就像是一種標示，原野角落殘存著一棵橡樹（詳細的樹種，因光線太暗看不出來）。我站在樹邊，發現這裡的視野極佳，眼前的景色更為開闊。左手邊是湖，前方是湖水流出形成的唯一一條河川——這個湖有許多河川匯入，但流出去的只有這條河，至少在渠道開通以前是如此——這條河一路流下去，在各地名稱不同，最後與大海連結，在地圖上蜿蜒迂迴的樣子就像條龍。如今，那黑色的水流沐浴在月光下，波光粼粼美不勝收，因為太美了，我不禁坐在地上靜靜眺望。不知五郎是否能領略箇中之美，也跟著一起眺望著河川。

夜更深了，皎潔的月亮移至中天。大概是寺廟舉辦了賞月會的關係吧，一群男女嘻笑吵嚷地爬上山來，但經過我身邊時故意保持沉默的動作令我心生不快，不過仔細想想，深夜看見一個人獨坐山上，確實頗讓人感到怪異吧。

好個中秋明月！我決定今晚露宿山野，就近躺在身邊的芒草叢裡，但這樣實在太冷，於是把五郎叫過來取暖，可五郎總靜不下來，始終待不住，氣得我不停罵牠。

過了一陣子，聽見有人窸窸窣窣的動靜，還以為是剛才的那群人，卻又不是。坐起身來觀望，就聽不見；等到我躺下，又聽見窸窸窣窣的聲音，以及一群人為月色讚歎的歡呼聲。四周實在太吵了，我放棄躺在地上，決定靠著橡樹睡覺，才一靠上樹幹，又聽見那聲音。

接著看見有東西從下方寺廟那兒走上來。咦？是一個人，穿著打扮跟我很像。我還在詫異，五郎已經搖著尾巴迎接對方。仔細再看，原來是高堂。

——怎麼又是你呀！

我試圖掩飾內心鬆了口氣的感覺對他說，他答道：

——你總喜歡跟人家湊熱鬧。

我不理會他的諷刺，故意開玩笑問：

——還在為淺井公主的事忙嗎？

——公主今晚和龍神同行前往淡路島。

高堂一臉正經地回答。

——你是擔心才來的嗎？

高堂無視於我的調侃，反問：

——不覺得這裡有些吵嗎？

——可是這裡很不錯呀。

——嗯，的確很不錯，這地方最是人們想埋身之處。

——想埋身之處，什麼意思？

——意思是說，覺得地點不錯，有些人就會要求親友在他百年之後埋葬在故鄉某處。所謂的好地點，就是人死後想要葬身的地方呀！

我一聽趕緊站了起來。

——要睡的話，還是到外面一點的地方睡吧！

高堂說完便走了起來。我跟在他後面，來到一處高地，視野沒那麼開闊，溼氣也較不重，我找了個地方坐下。

想埋身之處……我不禁思索自己的情況，突然想起一個問題，開口問：

——那你呢？你也有想要的埋身之處吧？

高堂靜靜露出神祕奧妙的笑容說：

——那事已經解決了。

然後踏上下山的小路，一下子便消失在暗夜裡。

五郎乖乖靠在我身邊給我溫暖，我卻無法成眠，靜靜眺望天空，直到夜露凝結，月落西山。

油點草

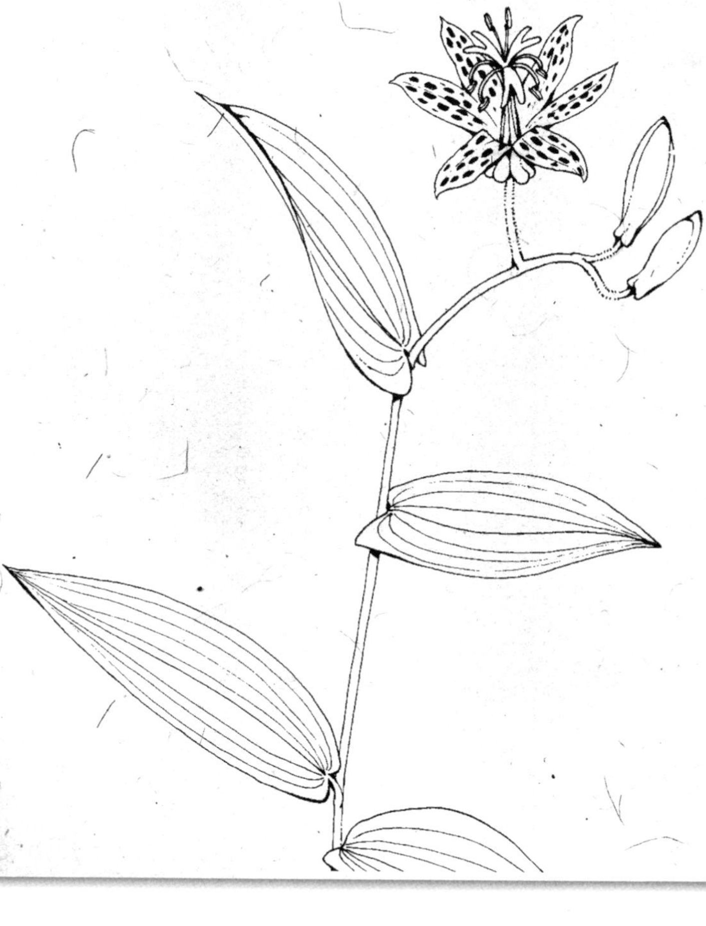

戶外的明亮，就像是經和紙濾過似地清澄。我對一起散步的五郎說：「你知道嗎？這種明亮只有秋天才有。」五郎閉上眼睛、高舉著鼻子，像是在盡情享受秋天的氣息。我最喜歡五郎的一點，就是牠也頗解風情如斯。俗話說什麼人蹓什麼狗，我深深覺得是再真實不過了。

渠道兩旁的土堤上長出了許多菇蕈。能吃的話，我也想拔些回去，可是聽說過毒蕈的可怕——以前登山社就有人吃了毒蕈身亡——只好不捨地看著野菇，直接走過去。

和尚正穿越架在渠道上的橋，往這裡走來，大概是要去主持法事的途中。

——哎呀，好久不見了。

——起風前我們見過。

——是嗎？說得也是。後山的赤松林現在冒出許多松茸，你反正閒著也是閒著，就去採些回來吧。晚飯我請客，咱們來吃松茸壽喜燒。

什麼閒著也是閒著，我聽了有些不高興，但想到松茸壽喜燒不禁垂涎三尺，於是接受提議說：

——可是煮壽喜燒就得要有牛肉吧？和尚可以接受那種腥臭之物嗎？

——不吃腥臭之物又怎能理解眾生的心情呢？不能理解眾生的心情，就無法解救眾生呀。

我當下被說服了，但仔細一想又覺得理由太過牽強。

——可是你要這樣子去買肉嗎？還是由我代勞呢？

——那倒不必，今天的法事便是由站前的肉鋪所辦的。

原來和尚早算準這一點才邀我，問題是，對方真會送牛肉當作法事的回禮

＊ 油點草：日文名杜鵑草，因花瓣如同杜鵑鳥腹般有斑點而得名。百合科油點草屬多年生草本的總稱。分布於東亞，葉單葉互生，長橢圓形，葉緣全緣，疏被纖毛。初夏到秋開花，花數朵之疏生繖房花序，花呈喇叭狀，花被白紫色，散布斑點，果實蒴果。

嗎？想到那畫面心頭就有些不舒服，但我還是不要追究太深的好。

——那我就去後山採松茸等你回來哩。

彼此點頭道別，各自行事。

自從被貍貓騙過，走在這條上山的坡道，多少還是覺得緊張，不過貍貓怕狗，有五郎在便心安許多。

來到山寺附近，直接往後院走，隨手從廚房牆上拿了一個竹簍，打開後門，踏上通往赤松林的小路。說是赤松林，其實不過就是混了幾棵赤松的雜樹林。

秋日的野山，空氣特別清新，尤其樹林中夾雜有松樹，更增添清爽氣味，令人身心舒暢。夏日的野山，旺盛的生命力簡直會吃人；冬天又太過嚴峻，無法靠近；溫煦柔美的春天則是叫人蠢蠢欲動；要說透明度之高，除秋日野山外無可比擬。有時一聽見幾乎震動空氣的鹿鳴聲，身為日本人，就會不禁吟起《百人一首》中那闕跟鹿鳴有關的詩句吧？

對了，得採松茸才行。

我還是學生的時候，有一次和朋友一起去松江的途中，曾在丹波的友人家採過松茸，之後就再沒有採了，倒是在吉田山散步時發現類似的菇類，氣味聞起來也不像，結果吃下肚，果然不是松茸。當時只吃壞肚子一兩天，可是我有位身為菇蕈專家的朋友竟冷嘲熱諷地說：那是某種有劇毒的菇類，長得跟松茸一點都不像，我居然只肚子痛就沒事了，可見我有副鐵胃，但從此我對菇類的辨別多少失了信心。不過既然和尚那麼肯定地說後山冒出了松茸，算啦，錯不了的。就算採錯了，要吃的時候和尚應該會阻止吧。

我一邊教五郎「松茸通常都是長在這種地方」，一邊掘開赤松根部的腐質土，果然挖到一個又黑又圓，很明顯是菇類，卻又很難說是松茸的東西。

我邊吹開上面的褐色粉末一邊謹慎地跟五郎說「這不是松茸」，五郎打從一開始就毫不感興趣，突然跑離我身邊不見蹤影。沒辦法，我只好靠自己睜大眼搜索。不料五郎才剛離去又回來，而且還不只牠自己，帶著同伴回來了，不是隻狗，好像是人，是位尼姑，感覺腳步有些踉蹌不穩。

——不舒服嗎？

我忍不住開口問。

——我很難受，想吐，頭痛欲裂。

——還好吧？

我擔心地問，心裡也明白自己簡直在說蠢話，對方一看就知道情況不妙，而且本人也都這麼說了。

——可不可以讓我到大殿裡休息一下？

年輕女尼說完，腳步蹣跚地走上前。

——和尚現在不在，只在大殿休息，應該沒關係吧。

我回答後，攙扶著女尼穿越樹林，繞到大殿。好不容易爬上臺階，走進寺裡，從角落拿起供施主坐的坐墊鋪在地板上，對著臉色鐵青、皺著眉頭、呼吸急促的女尼問說：

——還是躺下來比較舒服吧？

女尼朝阿彌陀如來佛像的方向行禮，說聲「失禮了」便躺了下去，接著痛苦地翻來覆去，看得我驚慌失措，不知如何是好。正當我手足無措之際，尼姑不斷地喘息，好不容易才要求說：

——不好意思，可不可以念誦《南無妙法蓮華經》，並幫我搓揉背部。

她喘了好幾次氣，好不容易才說出這番話。

——好。

我幫她搓背，嘴裡念著《南無妙法蓮華經》。令人驚訝的是每念誦一句，女尼的身影就產生變化，她身上的袍子在我手中的觸感也變成粗糙的綿布，就像農夫穿的衣服一樣，我嚇得縮回手。

她聲音粗啞地懇求：

——請繼續搓揉。

我又心驚膽顫地低喃《南無妙法蓮華經》邊搓揉，這一次觸感變得如硬鱗，好像落敗的武者，我嚇得往後退。

她又拚命拜託：

——請繼續搓下去。

沒辦法，我只好以同樣的動作繼續吟誦《南無妙法蓮華經》，她也不斷變換形貌。

終於她的痛苦逐漸減緩，怪異形貌也變回原來的女尼。女尼用力歎了口氣，重新跪坐好，對我深深一禮，然後一句話也沒說地站起來，悄悄走出去。

實在太詭異了，我沒有起身去追，只是茫然地目送她離去。

等到回過神時，太陽已西斜。

——你怎麼在這裡呢？

和尚打開連接禪房的門，吃驚地問我。我娓娓道出剛才發生的事情，和尚絲毫不以為怪地聽著。

——應該也是貍貓的同類吧，比叡山有隻虔誠信佛的貍貓，雖然是長於山間的畜生，卻背負著無法成佛的魂魄，不知該如何解決，才會跑進山寺。對了，是五郎帶牠過來的嗎？算是積德了，這傢伙可真是不得了呀！

那貍貓不也是嘛！

——因為發生這件事，我還沒採到松茸。

——不，竹簍裡已裝滿了松茸，就放在那裡。

順著和尚手指的方向看過去，果然門邊放著我原本棄置在山上的竹簍，裡面裝滿了松茸，上面還插著一枝帶有斑點的花朵。

——那花是？

——油點草，由於花的斑點和杜鵑鳥腹相似，又叫杜鵑草，大概是那狸貓幻化人形欺騙你，感到過意不去而送你的吧，牠也頗識風雅呢。

我心頭一陣感動，想到牠才剛復元，腳步尚蹣跚，卻那麼努力為我採集松茸，不免心疼牠何必要如此費心，早知道就多為牠搓幾次背、多念幾回經。

猛然回過頭尋找和尚，他人已不見了。

——人家給了我牛肉，還有蔥和豆腐，快來吃吧！肚子好餓呀。

只聽見和尚響亮的吆喝聲從廚房傳了過來。

野菊

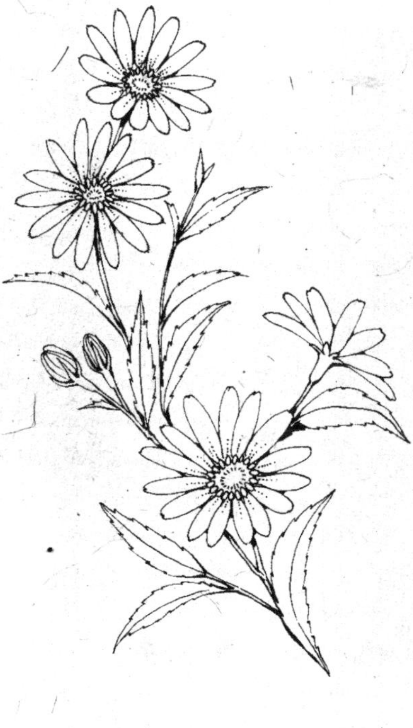

一隻猴子坐在百日紅岔開的枝幹上，我頭一次看到這庭院裡有猴子。二樓的窗戶經常敞開著，萬一猴子跑進來搗亂就糟了。問題是五郎這傢伙居然只是靜靜坐在百日紅旁邊看著遠方，猴子也一動不動地似在沉思，直到我吃驚地大叫一聲，打破了現場的寂靜，嚇得猴子翻牆逃走了，完全沒有滑倒，身手十分敏捷。五郎只瞟了我一眼，然後歎口氣，將視線落在地上，好像我做了什麼不該做的事。難道看見庭院裡有猴子，我不能驚訝嗎？大叫一聲又有什麼錯？想到居然被自己養的狗責怪，心裡當然不是很愉快，於是我對前來商討文稿的山內提起此事，他聽了眼睛一亮，高興地竊笑說：

——有猴子又有狗，簡直已經呼之欲出了嘛？太好了，接下來就等雉雞出現了[1]。

真不知道他期待我寫出怎樣的內容，我不禁有些不安。他無視於我內心的波動，說：

——猴子居然能坐在「猿滑」上，到底牠是怎麼爬上去的？

——別看那棵樹好像很茂盛，其實後面有個很大的窟窿。

——這麼一來，那棵樹應該叫做「猿不滑」才對嘍？

——取名字哪裡有什麼道理可循？難道你遇到名字中有「幸」的女子，就認為人家很幸福嗎？名字中有「明」的人通常個性都很陰沉，有時候名字是表達與該人該物相反的特性。不對，或者應該說正因為取了那樣的名字，反而更強調了與之相反的特質也說不定。搞不好百日紅也是因為「猿滑」之名，猴子才不會滑落下來。

——很有意思，但根本都是胡說八道。不管原來的名字怎樣，只要有心，我覺得都是可以改變。最近我家附近一位叫阿止的老婆婆過世了……

1　日本民間傳說中桃太郎的三個夥伴為猴、狗與雉雞。

——那一定是她們家小孩生太多，父母覺得該停止了，才會取這種名字，這很常見。

——一般都會這麼想對吧？不料根本不是那麼回事。她兒子——也是我小時候的玩伴，去市公所申報死亡時，才發現原來老婆婆的本名根本不是阿止。

——哦？

——她的本名是阿虎[2]，包括她兒子在內，她身邊沒有一個人知道這件事，直到她過世後才發現。

——可是我不覺得阿止這名字會比阿虎好聽呀，應該是父母希望她有健康的身體吧，比起叫什麼藤野、紫苑的，都還有意義。

——問題是她們家姓鬼虎呀。

——所以她叫做鬼虎虎嗎？

——怎麼樣，這麼一來你會同情她了吧？之所以願意接受阿止這名字，不是出於虛榮、想要有個好聽的名字，只是實在受不了本名呀，有種自我辯護的味道。

——嗯……

——所以我覺得，名字就應該是自己喜歡被人家稱呼的字，不喜歡，一直換也無所謂。

——可若是植物呢？比方說，你知道什麼是臭屁草嗎？

——不知道。

——花長得很可愛，會結出龜殼紋樣的果實，用力一壓會產生臭氣，於是有了這種名字。

2　日文中「止」（トメ；to-me）與「虎」（トラ；to-ra）音相近。

——真是可憐！

——取這種名字是人類自己的方便，臭屁草本身可不覺得自己臭呀。

——說得也是。

——所以百日紅對自己叫什麼名字也不會在意啦。

——是嗎？

山內意有所指地說完，看著百日紅，順著他的視線我也看了過去。沒有風，百日紅靜止不動，連葉片也是。

如今若改用瞿麥來稱呼薔薇，薔薇應該不會接受吧，所以百日紅肯定也喜歡已經聽習慣的名字。

——用名字呼喚，花開的模樣也會不同。綿貫學長如果只用「狗兒、狗兒」來稱呼五郎，就不會心生疼愛之情了吧？所謂命名，就是對被命名者個性的一種肯定。比方說，將百日紅讀音[3]的順序調換的話……

山內拿起手邊的紙寫起字來。

——麗—貝—斯—露—莎，聽起來就比較有氣勢。假如拿掉中間的「斯」……

——那就是麗貝露莎！別這麼叫。

——有什麼關係？很有女人味呀，嘿，麗貝露莎。

可怕的是，百日紅立刻上下用力擺動，彷彿是在表示贊成，但也可能只是剛好吹來一陣風而已，只是窗玻璃並沒有晃動。

——你看，它可喜歡的呢！

——誰會叫它這種名字呀！

山內離開後，我盡可能不往百日紅的方向看過去，趕緊也跟著出門。

3　百日紅的日文為「サルスベリ」（sa-ru-su-be-ri）。

往山的方向走去，在爬上渠道的土堤上，看見鄰家太太蹲在草叢裡專心地摘東西。我想向她提起猴子的事，便開口問：

——那是什麼？

鄰家太太受到驚嚇，手上的竹篩差點翻落。她看著我說：

——哎呀，嚇了我一跳。這個嗎？這是零餘子。啥？你不知道嗎？那稍後我一些給你送過去。

——零餘子？是什麼的果實嗎？

——野山藥，味道也有點像。炒過後撒點鹽，可有多好吃呢。

——那真是太感謝您了。對了，我家院子裡今天出現了猴子。

——是一群猴子嗎？

——不，只有一隻。

——那大概是有人養的走失了吧，五郎看了有什麼反應嗎？

——牠好像跟人家很熟的樣子。

——既然這樣就不必擔心了。

鄰家太太又繼續採零餘子，看起來好像很有趣，於是我也一起幫忙從葛草的葉子間摘取小果實，鄰家太太作勢表示感謝。我突然想起山內剛才說的話：命名之後才有個性，而我至今仍不知鄰家太太叫什麼名字。我假裝若無其事地問起，不知為何她遲遲不答，我只好說出山內幫百日紅取名的故事，鄰家太太聽了很認真地點頭說：

——那倒是件好事。

接著突然停下手，以目光示意開在土堤旁小小的紫色野菊說：

——我的名字就是那個。

——野菊……所以您叫阿菊嗎？

——不，我叫阿花，很普通的名字。

原來鄰家太太的名字叫阿花呀。倒也不會因為知道了，今後就想改這麼稱呼她，只不過知道之後，心裡莫名地感到踏實。

杜松

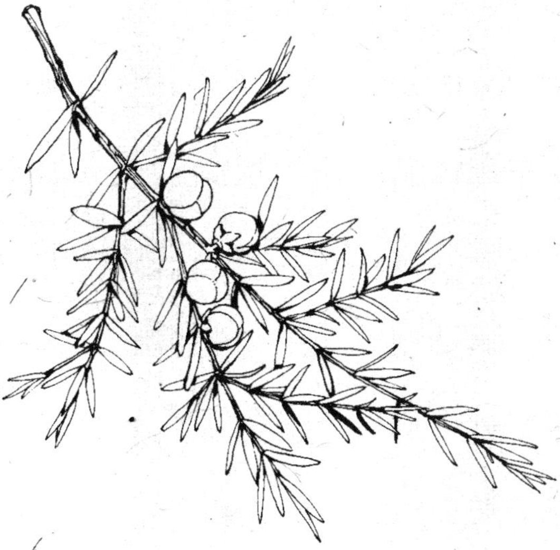

向晚時分，走在渠道旁時，有名頭戴舊簑笠、長得像惠比壽[1]的老人，帶著奇妙的笑容坐在路邊的樹墩上。這一帶已經變得昏暗，逐漸瀰漫開來的暮色，讓老人身周一片陰暗，可是他卻文風不動，安靜如地藏菩薩的神態，更引起我的注意。好不容易在隔著約可容兩人擦身而過的小路對面，看見一根釣竿固定在岸邊的柳樹上，心想他大概是在釣魚吧。過去在附近沒見過他這般長相的人，不免心生好奇。

回到家在玄關口，遇到鄰家太太送剩飯給五郎當晚餐，便問她知不知道那位老爺爺的事。

——那是水獺啦，住在安寧寺川的上游，大概是發現新建好的渠道也是不錯的獵場吧。從牠懂得變換形貌卻不引起騷動，就看得出雖是畜生也是有智慧的。還好你沒開口跟牠搭話，啊，這附近的小孩子都知道那是水獺，所以不會被騙。

——被騙的話會怎樣呢？

——倒也不會怎麼樣，頂多只是在牠抓到一整簍魚之前，被放在一旁看著水面發呆嘍，牠大概是要人作伴吧，只可惜一般人還得過日子，哪有那種閒功夫陪牠呢？你說是吧？

——嗯……

——我說你可千萬不要跟牠扯上關係呀！

鄰家太太銳利的眼光瞬間穿透我的眼底，她再三警告之後才回去。

天色已經整個暗下來，我走進屋裡打開電燈，感覺好像有什麼東西迅速跑進廚房後面，一種類似貓的小動物。後門關著，牠應該是從通往地板下的洞

＊ 杜松：柏科常綠灌木或小喬木，高可達十二公尺。刺葉窄披針形，三枚輪生，狹線形。五月開花，花雌雄異株，毬果無柄，稱作杜松子，可入中藥。

1 日本七福神中的漁業之神，主司除災招福、生意興隆。

口跑走了吧，說不定是隻大耗子呢，這才真是不應該跟牠扯上關係！對了，鄰家太太不是拿食物來說要我跟五郎分著吃嗎？打開鍋蓋一看，是牛蒡、芋頭燉沙丁魚。廚房裡還有昨天鄰家先生挖給我的野山藥，打從一早我就滿心期待，決定今天要做山藥泥麥飯來吃，再加上這一鍋，今天的晚飯還真豐盛！我心情雀躍地來到廚房準備炊煮已事先混入麥子的生米時，竟發現流理臺上有幾隻香魚排放在竹葉上，心想大概是鄰家太太之後又拿來給我的吧，至於其中原因我就不清楚了。由於今天的菜色已足夠，沒必要多煮香魚，我打算利用煮完飯的餘燼烤魚，能烤多少算多少，其他等明天再說了。

第二天早上，鄰家太太一如往常地在門前打掃，我跟她提起香魚的事，她驚訝並露出惡事臨門的表情。

——你還沒吃吧？

——嗯，還沒。

——那可真是不幸中的大幸。一定是水獺把你當成同類了，真糟糕！牠還會來的。一旦被纏上，一輩子都得活得像水獺呀。

老實說，此時的我一方面頗受到那句「活得像水獺」的話所吸引，同時也有鄰家太太所說的那種「真糟糕」的感覺。

鄰家太太建議我帶著香魚到安寧寺川的上游還給水獺，於是我乖乖回到廚房，將那些香魚照原樣用竹葉包好，提在手上往河川上游走去。

說是河川，其實這附近已相當接近源頭，因此較像是水流湍急、水道狹窄卻切穿地面頗深的小河，兩岸的樹叢茂密。經過安寧寺的圍牆旁再往上走一段，河面突然變寬，讓我大吃一驚。仔細想想，我從沒來過如此上游的地方，不知道水獺的窩是否在這附近？

左邊傳來踩踏落葉的聲音，我心想那裡應該有一條從不同方向延伸過來交叉的小路，頓時眼前冒出一位戴著獵帽的男子。

——先生，居然在這裡再次見到你。

聽到那聲音，我就確定是抓蛇人。

——倒是你怎麼會來這裡？難道是要捕抓冬眠前的蝮蛇嗎？

——蝮蛇也不是想找就找得到，完全要靠運氣呀。前面已開墾的山上有一片杜松林，我正準備到那裡採杜松子，還有當歸根，今年秋收是可以採收的季節，所以去看看生長得如何。

他邊說邊打量我手上的香魚。

——我要將這個拿去還給水獺老人。

我面無表情地說。

——你知道地方嗎？

——應該吧，不就在這上游嗎？

——不對不對，先生，這裡是支流，主流會流經安寧寺的庭院。

——是嗎？我倒是沒聽說。

我停下腳步回頭看。

——要不，那東西交給我吧？

抓蛇人亮著眼睛盯著香魚看。

——不行，這必須還給水獺老人。

——沒問題啦，我會跟牠說。

——難道你認識水獺嗎？

——牠是我外祖父。

我大吃一驚，差點跌坐在地。

——我說的可是水獺呀！

——任何時代都會有打破禁忌的戀情呀。

抓蛇人玩全不以自己的血統為恥，我不禁將語氣放緩和，關心起對方。

——那你母親健康可好？

——我小時候她就離家出走了，是那血統的關係吧！

原來他的身世如此曲折呀！想到抓蛇人苦難的前半生，先前對他的不快便全都付諸水流。

——好吧，那這些香魚就交給你處理了。

說完我將竹葉包遞給了他。

——那就謝謝你了，哈哈。

抓蛇人一收下竹葉包，當場就從魚頭吃了起來。瞧他如此野性的行徑，真不愧是水獺的後代。我還在一旁讚歎不已時，他已經告辭，瞬間消失在山的另一方。

我突然擔心他是否真的會跟水獺老人說清楚。

我沒有前往安寧寺尋找主流，而是回到河川和渠道的交會處。當初由於疏水工程需要，挖掘了人工地下水脈，我鑽到渠道下面仔細觀看了原來的河道，這裡原本應該是一條大河才對。隨著時代變遷，水獺也適應了新世界。一直以來牠們的棲息範圍都遭受嚴重威脅，儘管和人的世界交錯，但依牠們的個性，要想代代相傳下去，或許也不是什麼難事吧。

我坐在昨天水獺老人坐過的樹墩上，太陽還高掛中天，距離牠出沒的時間還早。從早到晚，為了獲取當日的糧食，總是像這樣茫然地坐著發呆——如果說這就是「活得像水獺」，這樣的生活方式難道有何不對嗎？

秋日高遠的天空，遠處傳來孩童的嬉戲聲，金風送爽令人昏昏欲睡。

突然聽到狗叫聲讓我驚醒，是五郎朝著我所在的方向吠叫，還來不及反應是怎麼回事，只見腳下衝出一個東西直往渠道跳，發出撲通的落水聲，五郎對著那兒狂吠猛叫。我舉目四望，發現太陽已經西下，一面心裡想著不行不行，一面趕緊站起來，催促五郎說：好了，可以了，我們回家吧！

晚風很冷，不禁抱起雙手縮進袖子裡，這才發覺衣袖裡有東西，取出一看，是綠色的杜松子。學生時期，教室外面長了一棵杜松，不記得是哪位老師說過杜松子剛長出來那一年還不夠成熟，必須等到第二年或第三年的秋天才會成熟、變黑色。

還是顆青果子嘛！如此低喃後，我將果實往山的方向拋去。五郎接著大叫一聲「汪」，安慰似地搖著尾巴抬頭看著我。

茶梅

一早起來外面就鬧哄哄的，吃完早飯出去散步，剛好遇見附近的老爺爺，便詢問今天早上發生了什麼事。

——有人在渠道旁邊上吊自殺呀！

好似再多說一句就會染上疫病地，說完立刻遮住嘴巴瞪著我看。老爺爺皮皺得跟鱉一樣的脖子直往我身上靠近，嚇得我欠著身子趕緊逃開，決定短期之內不再往渠道去。

於是我放棄散步，改回到二樓讀書。那本名為《世界風土病》的書是幾天前在西書店買的，內容一如標題，鉅細靡遺地描寫了世界各地的風土病，讀起來很有意思。例如在北非的沙漠地帶，一到季節風吹起的時候，人們便不太外出，一旦颳起當地人稱為「綠風」的狂風時，肯定會有人行蹤不明，據說失蹤者是神智不清地走進沙漠。即使有人看到他在沙漠裡徘徊，用盡方法將之帶回，他也會失去過往的記憶，幾乎形同廢人，之後就算繩子綁住，也會拚命掙脫跑回沙漠。

這世上還真是有這麼不可思議的病！

所謂的風土病乃是該地方特殊的疾病，聽說有的會間隔好幾年突然發生，有的病則是當地居民都會罹患，只是過於慢性、形成常態，使得居民缺乏自覺而已。

一整天我都埋首於那本書中，回過神來已經是傍晚時分。此時我開始相信整個世界可以不同的風土病來劃分，因此我所居住的這一帶肯定也有人們尚未發覺的風土病存在，那種當地才有的歪斜、變異是否會顯現在人們的生活上呢？那究竟又會是什麼樣的病？

正當我思考之際，聽見玄關傳來鄰家太太的聲音，大概又是送晚飯來給五

---

* 茶梅：日文又名山茶花。山茶科常綠灌木，單葉互生，革質，卵狀橢圓形，葉緣有鈍鋸齒。冬季開花，花單瓣或重瓣，花色多變，以紅、白、粉紅等色多。蒴果球形。

郎吃吧？我下樓前去應門。

——住在前頭的人家女兒過世了，街坊鄰居決定要去幫忙煮守靈的消夜。雖然你可以不用去，但我還是過來知會一聲。

我心頭突然泛起不祥之感。

——是哪家的……

——就是馬路過去，靠近車站的那戶人家，年紀還很輕呀。

——生病嗎？

不是不是，鄰家太太做出雙手勒住脖子的手勢。

——她父親散步時發現人已吊死在渠道旁邊。是呀，是她親生父親發現的。

我腦海中浮現大理花姑娘的模樣。

——是不是有著低矮籬笆的人家？

——沒錯，你認識他們嗎？

——也不算……可是，為什麼？

——聽說是有了心上人，不願接受父母安排的婚事……我要過去幫忙了。

鄰家太太走後，我不禁當場跌坐在地。

我沒有勇氣奔赴正舉行守靈的喪家，便沿著後巷到河邊徘徊。安寧寺川兩岸並列著許多洋房，其中一戶人家的燈光亮著，二樓有三扇突出的窗臺，房屋造型十分奇特，據說這些洋房是重機公司為自西洋招聘而來的技師所蓋的家庭宿舍。從嘴巴不緊的女傭口中得知，突出的窗臺上按照年代別依序擺滿了洋技師太太從小到大的照片，男主人一起床，習慣從女主人嬰兒時期的照片開始一一親吻當作早晨的問候，很難想像在當地這會是普通的行為——應該也是風土病的一種吧？

走在已然變涼的冷風中，忽然聽見林木蓊鬱的庭院裡有窸窣的低語聲，越過圍牆傳來。這是一條介於洋房和河川間的河堤小路，平常不太有人走過。我不想被認為偷聽別人講話，正準備快步離去時，

——沒想到居然會到渠道邊……

剛好聽到這句話，便自然停下腳步想聽個仔細。

——聽說湖上的風是沿著暗渠吹過來的。

——可是並沒有帶走什麼呀。

——噓！

接著是一陣窺探我所在位置的沉默，不久之後兩隻烏鴉撲簌簌振翅離去，飛向近晚的天空。

我有些膽戰心驚。快步走向大馬路，在橋頭正要轉彎時，聽見對面傳來此起彼落的低啞交談聲。

——是新娘出嫁的隊伍呢。

——是新娘出嫁的隊伍呀。

是河邊樹葉轉紅的櫻花樹一起在低聲說著。

晚霞中，幾艘小船從下游慢慢滑過水面，上頭的乘客有穿著傳統和式褲裝卻長著鯽魚臉的男子，和穿著黑色寬袖襬和服的鯉魚女子，一行人都整衣端坐，表情嚴肅，船夫則好像是鯰魚。

我呆呆地看著這畫面，心想非同小可，然後發現坐在船中央、全身上下純白裝扮、看似新娘的年輕女子，低頭正襟危坐。

——佐保小姐！

耳邊突然響起呼喚聲，我吃驚地彈跳起來回頭一看，居然是大理花姑娘？

她奔跑在河堤上試圖接近船隻，同時拋出手上的白花。

——佐保小姐！

她再次大聲呼喚。被稱為佐保小姐的年輕女子，一心一意地看著她的方向點頭，像是在行禮。船的行列就這樣消失在上游的方向。

我翼翼小心地看著大理花姑娘，她渾身無力，始終注視著水面，最後慢慢轉過頭對著我輕聲地問：

——你都看見了？

我沉默地點頭。

——她是我的隔壁鄰居、兒時玩伴。是的，事發太過突然，還趕不上開花時節，我只能收集了這附近較早開放的白色茶梅。

我沉默地點頭。

——請不要覺得她可憐！佐保小姐會變成春天的女神回來的。

大理花姑娘情緒激昂。我沉默地點頭，除此之外還能做什麼呢？

我送她到街角，要分別時我說：

我的朋友也在湖上失蹤了，等他回心轉意時就會回來。
大理花姑娘微微皺起眉頭對著似乎在哭泣的風低吟：
——嗯，沒錯，這地方的人都是這樣。
然後回到燈籠燭火通明的守靈席上。

龍鬚草

聽留學倫敦的朋友說，英國的婦女一旦上了年紀，就會漸漸變成象足，足踝和小腿之間的界線會愈來愈不明顯，變成異樣巨大的筒狀。

據說是喝了太多富含石灰質的飲料所致，照理說這種資訊平常隱藏在衣服底下，男人不太容易獲知，為什麼他卻能洋洋得意地寫信來告訴我呢？本人自以為神祕沒有透露此間詳情，但從文章看來，我推測並非他對英國婦女發揮了迷人魅力，或忘記讀書本分改從事這類的研究，而只是聽房東老太太閒扯或看病就醫時的街談巷聞。

從人在土耳其的村田來信中也能得知，所謂「房東老太太」乃是得知該國民情的最佳窗口。首先，她們通曉當地風俗自是不在話下，又擁有保護羽下幼雛的母性本能，經常湧現將所知告訴他人的熱情，因此具備了導遊的所有條件。不過我也聽過遇到房東太太有如惡魔的留學生故事，聽說那名學生的留學經驗從此只剩噩夢，甚至還落得神經衰弱，最後只得悲慘回國。

一切都只能說是天命吧！

精通地方小道消息，適時適地提供我各種資訊的鄰家太太，對我而言正誠如房東老太太般的角色吧。

前一陣子也是，天氣變得更冷了，在池水幾乎覆蓋冰層的嚴冬，我提出疑問：「不知道河童在哪裡、如何過冬？」鄰家太太當場快刀斬亂麻般地回答：「哦，牠們當然會去水底國呀。」講得就好像訂購過年必備的年糕就要去街角的點心鋪一樣，明快的語氣和態度毫無一點遲疑。

而她本人現在正在早晨的陽光下，邊哼著歌邊曬衣服，有如在和深遠的大氣交歡，當然她自己並不那麼覺得。躺在二樓被窩裡遠遠聽著隔壁家前院傳來的歌聲，我不禁為這一天又將順利開始，深深感到不可思議。之所以不想

＊ 龍鬚草：日文名龍之鬚。中文別名麥門冬、沿階草。百合科常綠多年生草本。地下有許多走莖及紡錘根，葉叢生，葉端鈍，線形、革質。花序總狀、穗狀、小花鐘狀，花淡紫紅色，種子球形。根可入中藥。

爬出被窩，是由於時序已從晚秋跨入初冬，換句話說天氣真的很冷，將被窩從一樓移到二樓也是基於同樣的理由，單純只是二樓比較溫暖。聽著寒風喀達喀達撼動玻璃窗的聲音，固然為自己的怠惰而一事無成感到心虛，可是躺在被窩中想著人世間的種種，也算是一種正當像樣的精神活動；相對於肉體勞動者，我不禁改念：自詡為精神勞動者（就算稱不上知性活動）又有何不可呢？到底這算進化抑或退化？

最近，從廚房到客廳的天花板上，爬滿了自夏天起枝繁葉茂的王瓜藤，即將成熟的果實已染成紅色。雖然稱為瓜，卻不能食用，眼看這幾乎可說是豐收的榮景，假如能吃，我願意每天都吃王瓜。成串如鈴鐺的王瓜就像某種稀奇古怪的裝飾品，心想不知是否能醃成醬菜來吃，可是鄰家太太說要是冬瓜就可以，倒從來沒聽說過醃王瓜。

——不過這植物倒也並非全無風情，不妨將枯藤蔓纏繞在一起，插在壁龕裡的花瓶中觀賞。

鄰家太太的這番建議，平常我只會當成耳邊風聽過就算，而且提出這樣建議的她也認為我一向都很懶散，根本也不相信我會為了給壁龕增添風情而行動。不知為何，對壁龕灰塵我從來都放任不管，如今竟有意打掃，其實理由很簡單——我擔心著畫軸裡頭的狀況。

因為高堂不再現身了。

畫軸裡的白鷺依然動也不動地尋找游魚，偶爾還能聽見風吹過蘆葦叢沙沙作響，但這幾個月來，高堂從沒有跨出壁龕的門檻（應該可以這麼說吧）來找我，這也是上面會積滿灰塵的原因。

好不容易起床後，走到樓下，習慣性看向壁龕。一切如常，但是吹著風。我不知道這代表什麼意思，一如神蹟顯現前的天地異變，我暗自期待這是高堂現身的前兆，但看來不是，就只是吹著風而已。

突然，剛才還在曬衣服的鄰家太太，從眼前的庭院水池另一頭現身。五郎高興地搖著尾巴靠近她。和我眼神相對後，她說：

——不好意思，沒有知會一聲就跑進來。風太大，把我洗好的衣服給吹進來這裡了。

順著她視線往前看，果然有曬洗的衣物掛在松枝上。我立刻走下沿廊，拿起竹竿幫忙取下那條網狀的布巾。

太好了，真是麻煩你了。這是蒸糯米時用的布巾，想到也該來搗米做年糕了，便拿出來洗好準備曬乾，剛突然被風吹走……哎呀，這裡長滿了龍鬚草的果實。

我看著腳邊地上，以前從來沒注意過，那些看似尋常的茂密草叢間，浮現類似琉璃珠又像露水的果實。

——哦，我倒沒有注意過，這是什麼？龍……？

——這叫龍鬚草。

——我不認識，居然會長出這麼漂亮的果實。

我彎下腰仔細觀察。

——名字有龍，難道跟龍有什麼關係嗎？

——這我就不知道了，湖的四周倒是有許多跟龍有關的東西，比方說骨頭。

——骨頭？不會是龍骨吧，是嗎？

——沒錯，是在源自叡山和比良山之間，注入湖裡的那條真野川附近，由一名農夫發現的。

——在田裡嗎？

——就在農夫剷除田中央礙事的丘陵時發現的，後來獻給了膳所藩[1]的城

1　位於今日本滋賀縣。

主大人，聽說經過一位名叫皆川淇園的儒學者鑑定為龍的頭骨。沒錯，後來那地方就蓋了一間「龍宮祠」，剛好是一百年前的事。

——哇，是骨頭耶？那不就表示龍已經死了嗎？龍也會死嗎？龍既然會出生，當然也就會死吧。

——鎖國時代結束後，有名叫諾曼的外國學者來到日本……

——哦，就是那個德國地質學家吧，我記得叫做愛德華．諾曼，曾聽我的德文老師提過，他是維新時期來到日本的。

——哦，原來你也聽說過呀！總之那個人說，那龍骨應該是古早以前的大象的下顎骨。

——原來如此。

——可是，為什麼不是本地學者，而是頭髮顏色不一樣的外國學者知道本地的事呢？所謂的學者，到頭來根本什麼都不懂嘛！前一陣子天晴的時候，有名氣象學者跑出來說氣壓怎麼樣又怎麼樣，短期之內絕對不會下雨，應該盡快蓋水壩，結果本地神社的住持跑去那間龍宮祠祈雨後，不是馬上就烏雲密布，下起雨來了嗎？學者就是這樣，連本地的氣脈也摸不清楚。

鄰家太太說得火都上來了，她的這番理論並非紙上空談，全都出於生活的真實感受，是以很具有迫力與說服力。

——說得對。可就算那塊是大象的骨頭，至少可以說，那並不能做為龍已死去的證據！

鄰家太太一時之間睜大了眼睛，然後嚴肅地說：

——生也好死也罷，有風骨的靈魂跟這一點關係都沒有！

鄰家太太離去後，我不經意看著水池，發現不流動的池水角落結了一層冰，龍鬚草的綠色果實滾落在上頭。身上穿著單薄的我，耳畔一陣風聲呼嘯而過，只見果實被風吹進了水池底。回頭一看，敞開的走廊紙門裡邊，風從客廳壁龕裡的畫軸中不斷吹來。沉默地看了好一陣子，風才停止，畫軸中的風景又恢復成原來的平靜。

冷風凜冽，肌寒欲裂。

檸檬

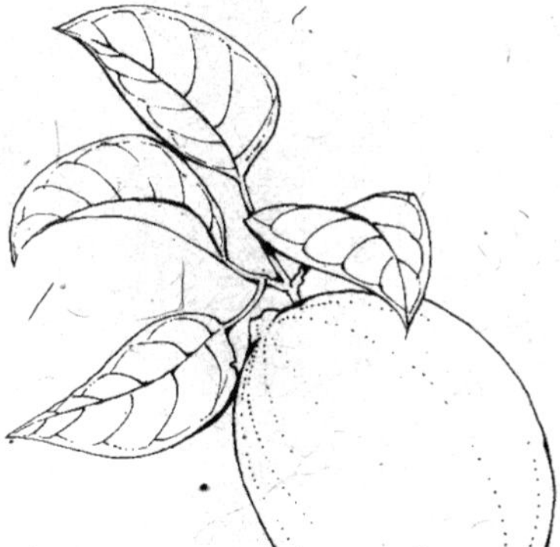

正要走出車站時，下起了雪，而且還是將世界整個塗白的漫天大雪。雪中，一個焦褐色的生物從我的左手邊走向右手邊，仔細一看竟是五郎，但可不是牠效法忠犬前來車站迎接身為主人的我，只是偶然散步途經此處罷了。

「五郎！」我一叫，牠回過頭來露出「原來是你」的表情，親切地搖著尾巴，隨後就像還有急事待辦似的，邊不斷回頭面帶愧疚邊轉身離去，這是我頭一次遭五郎如此棄之不顧。哼！原來牠的熱情也只是短短的三分鐘熱度，我的心情著實有些低落。

接下來怎麼辦呢？我調整好心情，考慮著是該再等一陣子看雪會不會變小呢？還是說這大雪會一直下到夜裡？突然看見梳著一條黑色辮子，上身裹著胭脂色披肩的年輕女子走進車站。她將傘上的雪水抖落，摺好收起，手裡還拿著另一把雨傘。原來是大理花姑娘，大概是來接人吧？她也注意到我了，我們互相點頭致意。

——好大的雪呀！

——是呀，的確。

——來接人嗎？

——是的。

可是暫時不會有火車進站才是。剛才那班車除了我之外，還有兩名乘客下車，一名自己備有雨傘，另一人要去的地方大概不遠，早就快步消失在前方的小巷裡。

——會有火車進站嗎？

——會的。

她一臉認真地點頭，我以為會有臨時加班車。就在我們寒暄之際，大雪紛飛，有如一個個白色布坐墊落在民家屋瓦上。我想進去候車室，卻像被鬼纏身般動彈不得。大理花姑娘也凍僵似的，始終面對火車來的方向。兩人不說話，顯得有些尷尬，於是我問：

——火車從哪裡開來？

——從湖那邊。

說得也是。任何一班車不是從湖的西岸就是從東岸開過來的，她的回答沒有錯，但我就是覺得不大對勁。

——我聽鄰家太太說，湖的周遭有許多跟龍有關的事物，比方說我家庭院中有名為龍鬚草的植物，會結出如同琉璃珠的果實，我到最近才發現。

大理花姑娘看著正前方低喃：

千年蛟龍，藏身其中

我聽了十分高興。那是歌德，是他的〈迷孃之歌〉。

問君知否，上山之徑
濃霧瀰漫，騾馬踽行
徬徨嘶鳴，幽壑深穴
千年蛟龍，藏身其中
飛瀑奔流，崖岩相連
憶彼山路……

我試著背誦出詩詞，大理花姑娘立刻接下一句：

遙遠他鄉，與君同行

清澈嘹亮的聲音對著天空背誦如上詩句。

這時剛好汽笛聲響了，車站也因火車的震動嘎嘎作響。大理花姑娘趕緊前往月臺，火車進站了，可是不見車站人員出來走動，也不見有人下車，倒是駕駛室裡有人對大理花姑娘招手，交給她一樣東西，大理花姑娘接過後，茫然佇立當場。火車開動了，在大雪中漸行漸遠。大理花姑娘提著籃子走回來，雪花飄落在她的肩膀和頭髮上。

——那個人沒有搭上這班車。

她只輕輕這麼說，收拾起東西準備回家，邊又說：

——雨傘借給你吧？看起來一時間雪還不會停止。

說完將傘遞給我。

——啊，謝謝。

我有些惶恐地接下雨傘。

我們一起走在高架橋下時，大理花姑娘說：

——據說天冷時，湖底會變得很安靜，感覺也不那麼冷了。且外面愈是寒冷，湖底就會愈安靜，鯉魚、鯽魚都不游動，感覺就像漂浮在半空中，像鯉魚旗般水平漂浮，在風停止的瞬間保持水平靜止，然後忽然停止，接著垂直地往下沉。可是又都還活著，牠們仍在微微晃動著身體，就是證明。

我無法答腔，只能默默地聽著大理花姑娘說。

——即使如此，聽說龍洞深處什麼都有，有熱帶國家的果實，也有高山上的花朵。可是我總懷疑那是真的嗎？聽起來實在太不真實了，不是嗎？

大理花姑娘尋求著我的同意，不得已我只好回答：

——聽起來難道不比真的更像真的嗎？而且，如果是真的，又有什麼問題嗎？

大理花姑娘臉頰泛紅。

——不！沒什麼問題！

然後反問我：

——你的朋友之後回來過嗎？

——沒有，一直都沒有。

入冬以來，高堂始終沒有現身。不知不覺間，我們已經來到大理花姑娘的家門口。她停下腳步站在門前。

——希望你還能見到你的朋友。

說完將手伸進火車送來的籃子裡，遞給我一顆果實，仔細一看，原來是檸檬。

——謝謝妳。

——顏色還很綠，放一陣子就會變黃。

點頭道別後，她進屋裡去。大雪仍不停地下，回家路上，我邊走邊用木屐堆雪球。行進困難之間，受到大理花姑娘的觸發，我從頭背誦起歌德的那首詩，果然發現句中有檸檬。

問君知否，遠地異國
蓊鬱林間，檸檬花開
金黃橙子，結實累累
萬里晴空，金風送爽
香桃幽靜，月桂高掛
雲端遠國
遙遠他鄉，與君同行

南天竹

院子裡一片皚皚白雪，南天竹紅色的果實從雪堆中透出豔麗的色澤。雪停了，但天空依然陰霾，不知道何時還會繼續下，空氣含有鉛的顏色和質感，無風也無聲。

在這種日子裡，房子常會發出嘎嘎震響。有時震響會從沿廊後面東北方位的暗處開始，經由洗手間的角落繞出來；有時則是直接貫穿沿廊，經過房間，然後停在我的紙門前。一旦興起，就是一陣喧鬧，在這之前則像是在觀望情況，有所顧忌，然而，震響一出，便如同失去控制，四處都跟著起鬨，只是並不影響我做事，至今也都不加理會，這麼做到底是好是壞，我也不知道。就像沒有人住的廢屋容易有狐狸妖怪棲住，可能我在不知不覺間提供了類似的居住條件吧，都怪我。今天尤其吵鬧得厲害，奇妙的是，房子的震響愈大聲，愈顯得周遭安靜，再加上外面積雪，更是安靜得嚇人。

從屋裡眺望出去，庭院和水池不僅結冰，還積雪，呈現一種萬物暫時休憩的風情。一群雀鳥像成串的鈴鐺棲停在百日紅的枝幹上，院子裡種有許多南天竹，所以我能理解冬天何以有這麼多的小鳥過來，但如果只有鶇鳥大小還無所謂，要南天竹承受雀鳥的重量，豈不要了它老命！沿廊玻璃門外有棵大株的，就南天竹而言算是巨木了，只可惜枝椏長得不好，彎曲的大樹幹上，並行冒出幾根中型枝幹，最靠近屋子的那枝就緊貼著玻璃門。突然還以為房子又震響了，聲音聽來卻不夠激烈。舉目看過去，竟是一隻圓滾滾的雀鳥從百日紅的枝幹上飛下，落到並行冒出的南天竹枝幹上，在那些拇指粗的枝幹上斜切般依序跳來跳去，一下子跳到靠房子的那枝梢，身體幾乎要碰上玻璃，馬上又折返跳回去，很明顯是在嬉戲。我也感到有趣，不禁看得入迷時，聽見了竊竊私語的聲音：

* 南天竹：日文名南天。小蘗科常綠灌木，高約二至五公尺，三出羽狀複葉，葉形為長卵形，葉端漸尖。多為單幹生長，葉大多叢生於先端，有毒。初夏開花，果實球形，成熟時鮮紅色，少數為白色。可入中藥。

——東北方位的天花板裡避邪的符咒被老鼠啃掉了。

我直覺認為是百日紅在說話。說到避邪，今年立春也快到了，諸如撒豆子、桂枝插上沙丁魚頭掛在門口等習俗，原本與我無關，可今日我既然答應幫人照管屋子，如果任意讓非人之物造次，豈不有損屋主顏面？

於是我趕緊上去檢查東北方位的天花板裡面，那裡的確曾貼有紙符，如今幾乎已快消失，只剩下些許殘片，看來得去弄一張新的符咒來才行。我想了很久，決定前往以立春驅鬼避邪聞名的吉田神社，那裡一到立春晚上就很熱鬧。學生時代曾經去過，參道兩旁有許多夜市攤子，雖說是冬天，卻是亮晃晃的有如夏日祭典。只要去神社辦事處，總能拿到一、兩張避邪符咒吧？

儘管已經想好，我仍決定挑個好日子再出門。大概是下雪的緣故吧，路上不見半個人影。我決定翻越吉田山從神社的後方進去，就在連接山門牌坊的參道旁邊看見一家小店，心想該不會是神社在外面設的服務處吧？門口果然立著「符咒」的旗幟。太好了，這麼一來我就不必冒著雪爬上山頂了。我高興地探頭進去，只見一個長得像小孩的光頭老闆對著我大喊：

——歡迎光臨，這裡有各種符咒，請問要找什麼樣的？

——我要避邪用的。

老闆聽了，一副心領神會的樣子點頭說：

——避邪的符咒也分很多種，像這款對蜈蚣、水獺、狐狸都有效，是弘法大師製作，十分靈驗。我看啊，就收你一般工作的三個月薪水，你看怎麼樣？

——那可不行。

——那這款如何？可以制止對面吹過來的賊風[1]，是高野山的某位高僧特

1 古謂四時不正之風，或從孔隙透入、不易察覺的風，容易致病，俗稱外邪。

製的，只要貼上就能消滅一切怪聲音，保證每天都身心健康。至於價錢嘛，我看就收你一般工作的兩個月薪水好了！

——那也不行。

老闆有些失望，但隨即發出一聲「嗯」，像在鼓勵自己，一鼓作氣說：

——既然這樣，就只能推薦你這款了，雖然效力比前兩種來得弱，但在緊要關頭還是很有用的。

——怎樣的緊要關頭呢？

——比方說，雷劈下來的時候。

——哦！那要多少錢？

——一般工作的一個月薪水。

——我不是做一般工作的，也不是每個月都能領到薪水，請介紹適合我的符咒吧。

年輕老闆又皺起眉頭，那樣子並非因為不愉快而皺眉，而是難過得快哭出來只好皺眉忍住，讓我覺得好像出了一道超乎他能力的難題，不禁同情起他來，於是提議：

——說到價錢，有沒有差不多值一碗消夜麵那麼多的？

頓時老闆的臉亮起來，看來是我這番具體的提示讓他靈機一動。

——這樣的話，就只有這款了。

他很有自信地拿出一個以漂亮大字寫著「排除萬難避邪咒」的硬紙袋。

——感覺會很有效。

——算你撿到便宜呀。

老闆很高興地強調。我付了一碗消夜麵的錢，正準備回去時，大概是有人從店裡面走出來，老闆回過頭去，那人也偷偷瞄了我一眼，看到對方長相，我不禁吃驚地大聲喊：

——抓蛇人！

抓蛇人嘿嘿訕笑，點頭說：

——謝謝惠顧。

——你也開符咒店嗎？

——不，這是我弟弟的店。

原來抓蛇人還有弟弟呀？看到我仔細端詳著符咒店老闆，抓蛇人面不改色地說：

——我們不是同一個母親生的。

看來他的家庭狀況頗為複雜。

——我弟弟做生意很老實，請多多捧場。

說完後對我一鞠躬。就算我願意捧符咒店的場，只怕我今後所餘的人生不會有機會再度上門，不敢答應他。

——今天的確是買到了好東西。

說完便告辭離去。

一回到家立刻準備將買來的符咒貼在天花板裡，但突然莫名地很想打開紙袋看看裡面裝些什麼，可是我也聽說過，符咒打開看之後就會失效，於是暫且放在桌上，瞪著紙袋思索了一陣子。對了，如果真沒有效力，再去那間符咒店買就行了，因此下定決心打開紙袋，倒出來的居然是一根南天竹樹枝，還有幾顆紅色果實散落在榻榻米上。

蜂斗菜

火盆裡的炭火氣味和熱度，只需紙門那樣一張和紙就能隔開，才一踏出沿廊，寒氣立刻竄入腳底。房間裡也很冷，邊發抖喊著好冷好冷邊勉強伸出凍僵的手做事，可每當鼓起奮勇踏出紙門一步，就深深感受到自己的精神並不堅強。都已經三月了，天氣怎麼始終這麼寒冷。

這樣下去可不行！我決定出門散步。天空倒是難得一見的晴朗。有個東西掉落在殘雪堆積的渠道土堤上，走近仔細一看，是比拳頭還要小一圈的小妖，在冬日午後陽光的照射下，睡得很舒服。這可希罕，至於有多希罕呢？希罕到是我有生以來頭一次目睹。在牠糾纏如線團、酷似玉米鬚的銀白色頭髮正中央，明顯地突出一根三角錐狀、象牙色的角，如字面所言是隻很小的妖精，我推斷牠年紀還很小，身上披著結草蟲蛹殼般的外衣。

看到這即將滅絕的物種，保護本能自然湧現，可說是身為知識分子最可悲之處。雖然覺得困擾，還是幫忙留意附近有沒有野狗、小孩或品行不端的人出沒，萬一遇上抓蛇人那類傢伙，一定馬上被抓去當藥材賣掉吧！

就在我還在思考該怎麼辦時，小妖突然站了起來。瞬間，我緊張地注意牠的動靜，牠未發現我的存在，自顧自走了起來。儘管土堤的坡度很陡，牠卻健步如飛地往河川的方向前進，我尾隨其後，像是被牽引著般。突然之間，小妖站住了，嚇得我也趕緊停下腳步，牠四下張望，似乎在尋找什麼，我看著，不禁感到興味盎然，想：到底牠在找什麼呢？

——他們叫我來採蜂斗菜。

小妖自言自語地低喃，又像是說給我聽的。就算是個妖，看牠年紀這麼小，蜂斗菜恐怕也太大了吧，摘下一棵扛在背上，搞不好還會讓牠摔個跟

＊ 蜂斗菜：蜂日文名蕗，此處指蕗之薹，是蜂斗菜早春伸出的花莖，可食用。菊科多年生草本，原產於日本。葉片圓或橢圓，葉緣齒狀，根莖有數層淺紫或淡褐大型鱗狀苞片包住花蕾，花蕾呈棒狀或長橢圓，有單生也有並生種。一至三公分長，雌雄異株，但單株上有時會混有異性花或兩性花。種子有棉毛。

頭！

——好吧，我來幫幫牠。

我將視線從牠身上避開，也自言自語了起來，接著便在殘雪突起的土堆裡、枯草間尋找，終於找到一小株披著淡綠色外皮的蜂斗菜。

——找到了！

我將蜂斗菜放在小妖面前，牠有些詫異，保持著距離，不停仔細端詳。然後說聲：

——很好！

又繼續尋找。我以為這麼一株就夠牠吃了，但看牠埋頭苦幹的樣子，我也繼續尋找。眼睛適應環境後，自然發現到處都是蜂斗菜，不久，我們便採集了相當分量。這時小妖就像蜘蛛吐絲一樣取出繩子，一下子就將所有蜂斗菜綁在一起，輕鬆地用單手舉起。那一捆少說也有牠身體的五十倍大吧，真不愧是妖！我在一旁差點就要讚歎出聲了。

——失物可尋獲。

小妖低喃一句後便涉水越過渠道（起初我還以為牠走到河邊時落水了，不料瞬間便出現在對岸），消失了。

難得外出竟遇上這般罕見的事，我心裡盤算著要怎麼跟鄰家太太說說這件奇遇，一邊也為自己採收一些蜂斗菜，打算與味噌同拌做成下酒菜。突然間背後有人語氣平靜地問我：

——你在幹什麼？

回頭一看，竟是高堂趣味盎然地看著我。我驚訝得差點要跌坐在地上，同時又有種「原來是高堂呀」的安心感。

——我在摘蜂斗菜。

——哦。

高堂似乎是感到陽光有些刺眼，瞇起眼睛。

——你到底跑去哪了？

我稍微加重了語氣。

——暫時都窩在白山，在湖的北方遠處。

我知道他是指白山神社。

——結果不動明王踩在腳下的天邪鬼叫我來找你，剛好也是下山時節了，我就乖乖照做，而且佐保公主也要回來。

——是喔……

我想起了大理花姑娘。

——你知道蜂斗菜有雌雄之分嗎？

高堂看著我手上的蜂斗菜說。

——不知道。

——像小菊花聚集在一起的是雄花，一堆黃綠色花苞聚集的是雌花。

——哦。

的確是有兩種。

——一直以來我都以為只有一種，只是成長階段的差別而已，我實在是誤會太久了！

——有些事就是這樣。

高堂微微點頭。

——誤以為是的想法的確很可怕。

——可是一時之間就是會相信。

或許是太久沒見的關係，高堂少了點話中帶刺的感覺，但也可能是他在白山修行的成果吧！

——今天可以留久一點嗎？

——不，我還有很多地方要去，我的船就停靠在前面，今天得先搭船回去了。五郎還好吧？

——五郎一早就出去散步了，牠最近常出門，希望別惹上什麼壞事就好。最近白天反而很能和五郎打到照面，我心想那傢伙也有自己的交際圈，便不太管牠，可是深夜看到牠歸來，還是不由自主地感到安心，這不就是家人的關係嗎？想到這點，就很感謝高堂當初勸我飼養五郎。

我說出心裡的感謝。

——哎喲，怎麼了？感覺不太尋常，該不會是發燒了吧？說出平常說不慣的話，小心咬到舌頭。

高堂說完後便離去，邊說著「我的船在那裡。」轉身離去的身影漸行漸淡。果然高堂就是高堂，就算人死了，就算跑去修行，他的個性依然沒變。

我感到有些安心，又有些失落，心情十分複雜。

快到家時，遇見鄰家太太走在路上，手上捧著一個盤子，上面蓋著布巾。

——啊，綿貫先生，遇到你正好！我正要拿這東西去你家……咦？

她說到一半，驚訝地看著我的手。我手上握著一把蜂斗菜。

——你看這個！

鄰家太太將布巾掀起，盤子裡傳來油炸蜂斗菜、羌活芽、針魚的香氣。我道謝後，說明手上的蜂斗菜是要沾味噌吃的，然後又提起了小妖的奇遇。

鄰家太太聽了一點也不驚訝，甚至還相當理解地點頭說：

——因為今天已經是驚蟄了呀。

我不禁納悶：難不成她以為牠跟蟲子是同類嗎？猛一抬頭，看見路旁冒出新芽的櫻花樹葉間，小妖正百無聊賴地看向這裡。

節分草

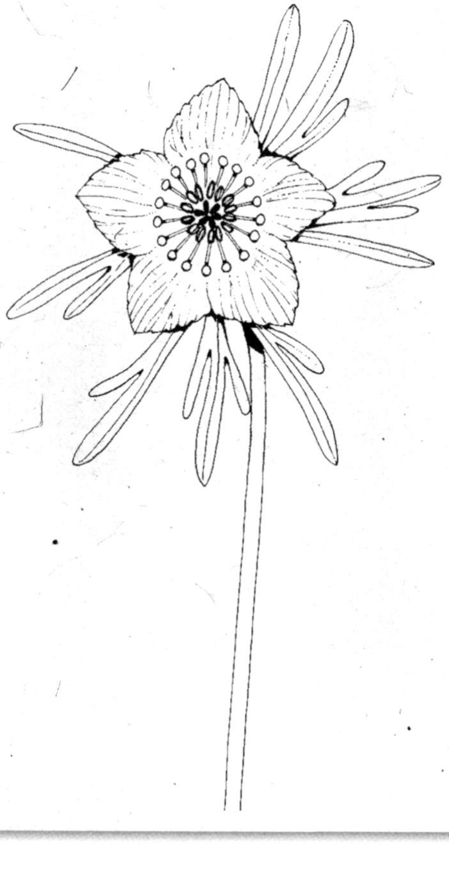

清晨，門口竟十分吵嚷，天寒地凍之中，我爬出被窩探看究竟，不知道為何玻璃門外天色陰暗，外面是下雨還是陰天嗎？納悶地打開大門，只見一丈之遙站著一隻比我還高大的老鷹，牠並非棲停在任何東西上面，而是頭幾乎快頂著屋簷，腳踩著地面站在那裡，鷹羽般茶褐色的眼睛骨碌碌地盯著我看。

我驚訝地張大嘴巴——除此之外還能做什麼？——呆立於現場。突然，老鷹的背部動了起來，只見五郎從羽毛下面跳了出來。老鷹像是默默行禮般看了五郎一眼，然後朝馬路走了兩、三步，用力振著大大的翅膀一飛沖天，半個天空都快被老鷹給遮住，氣勢驚人，我不禁想捨棄身為飼主的尊嚴，追問五郎：你到底是什麼來頭？可瞧牠對著我不斷搖尾巴討好的樣子，怎麼看都是隻普通的家犬呀。

彷彿是老鷹招來烏雲，那天午後便下起雨來。

最近筆墨不暢。明明我寫作用的是西洋鋼筆和墨水，卻要說筆墨不暢。然而與其用「鋼筆寫不動」來表達，我還是覺得用筆墨不暢比較符合我的心神狀態。仔細想想，應是千年以來已用慣了文房四寶，突然改成西洋鋼筆和墨水的我們，靈魂還在旅行的路上趕不過來吧。

文明的進步往往迅速得令人來不及眨眼，但其實還沒有深植人心吧？例如，我能平心靜氣地接受小妖、老鷹的出現，正是我的精神層面還悠遊於該領域的最佳證明。若是有天我再看見小妖、老鷹，心裡會覺得怪異不安，就表示我的內在已不會再和時代的進步產生衝突了吧？

比起「鋼筆寫不動」的說法，還是「筆硯生塵」的用詞比較貼近我的精神生活。至於為什麼我的寫作進度停頓，是由於我寫明信片通知山內學弟高堂

＊　節分草：中文學名羽裂菟葵，毛茛科節分草屬多年生草本。因節分草也常被歸為菟葵屬，故有此名。分布於日本本州關東以西。高約十公分，從地下塊莖中伸出叢生莖，長出不整齊的分裂苞葉。二至三月開花，花莖先端有看似白色花的，其為萼片，花本身退化成黃色蜜槽。在立春節分時開花，故日本名為此。

回來的消息，他竟然要我問高堂湖底的狀況。老實說，那才真是和我的精神生活——儘管還無法完全接受鋼筆和墨水——相隔甚遠、難以融入的世界。說得更明確一點，那令我害怕。可是既然已下定決心將寫作當做一生志業，就不該害怕這等小事！

正當我在為這事煩心時，壁龕裡的畫軸有了動靜，一陣風吹來，我聽到咔達咔達聲。是高堂，他好久沒有從這裡走出來了。

——嗨！

我像學生時代一樣跟他打招呼，他也回答我一聲「嗨」。

——你是利用下雨過來的嗎？

——沒錯。

高堂一甩頭，甩去頭髮上的雨珠。

——今天五郎在家呀。

高堂看著木蘭樹下的狗屋低喃。

——今天早上才回家的，居然騎在老鷹的背上。

其實在說這句話之前，我想先警告他「千萬別吃驚」的，但發現事到如今講這個根本毫無意義。

——那隻老鷹是鈴鹿山神。

——鈴鹿山？那和我們家五郎又有什麼關係，難不成牠每天都跑去鈴鹿山？

——這我就不曉得了，不過五郎是這附近很有名的仲裁犬，你不知道嗎？

我怎麼可能知道呢？不過話又說回來，我倒想起以前聽高堂提過五郎排解過河童和白鷺的紛爭，只差沒有親眼看到就是了。我向高堂確認，他說：

——嗯，牠就是因為成功調停了那場紛爭而出名，從此一有糾紛就會被找去。

——究竟是誰張揚出去的呢？

——先是白鷺在空中宣揚，接著河童又在水裡散播。

——哦。

——白鷺和河童本就是死對頭，能說服牠們停止爭吵，可見五郎真的是很厲害。

聽高堂這麼說，我更加覺得自己能力卑微。

——盛名居然還能遠播至鈴鹿山。

我決定趁此時提出那件懸案問個明白，於是一股作氣問：

——我打算將從未涉足的地方寫成文章發表，該怎麼辦才好？我想寫出你所在的那個湖底。

高堂回答：

——那當然是你自己親眼看過最好！

——我可以嗎？

我半信半疑地問。

——就看你有沒有決心嘍。

高堂說這話的瞬間，身影突然模糊暗去。外頭雨愈下愈大，屋子裡面也愈發昏暗，庭院的樹木在風中飄搖發出沙沙聲響。我是否該想辦法讓高堂不要就此消失呢？

——我看還是不要吧。

高堂突然又恢復輕鬆的語氣。

——來自各個方位的地下水脈流進湖中，湖底又是一番不同次元的世界，時間的概念就不一樣，依著意識覺察，你看到的不見得會跟我一樣，得看到時候能見到什麼吧？

——原來如此。

我連忙答腔。

高堂看著窗外說：

——照理說，在這時節的鈴鹿山，節分草花會開滿一整片山坡，佐保公主在第一陣春風吹起時也會前去那裡。可今年不知道為什麼，春風先吹到這裡，使得此處的櫻花將比鈴鹿山的節分草早開，鈴鹿山神感到十分憂心，淺井公主也很擔心，所以我才會過去鈴鹿山看看，結果看到節分草已經開花，大概是調停妥當了。

——淺井公主是什麼樣的人呢？

高堂沉吟了一下回答：

——我不知該如何向你說明，用人類的語言實在難以形容。

我也沉吟了一下回應：

——然而我就是想用言詞加以描述。

——那是不可能的。

頓時我明白：啊，對了，這就是我和高堂之間決定性的差異，同時也對突然在我眼前消失身影的高堂湧現出近似怨恨的情感。

——你拋棄了人世。

——難道你能對人世的未來抱持確信嗎？

一如鋼筆和墨水嗎？這個世界還會繼續發展吧？小妖終將完全絕種吧？捕蛇人的行業也會被其他生意取代吧？

——我不知道……

我低喃，心境像是被追得前去無路的兔子。

高堂微微一笑說：

——唉，算了，再不久第一陣春風將吹起。

說完便離去。壁龕裡留下一枝我從來沒見過的純白細緻花朵，散發出一種塵世間所沒有的清澄氣息。我屈身拾起，心想原來這就是節分草。

果然此花只緣在深山中棲息。

浙貝母

和尚山寺前的竹林，自然會有竹筍長出。日前突然很想品嘗早春的新筍，想念那形態小巧如京芋的美味，就在散步回家途中走進竹林，假裝若無其事地踩探尋著春筍的蹤影。那種埋藏在土裡，還未經陽光洗禮，白色鮮嫩的部分是最好的了，以炭火烤成焦褐色，再撒上柴魚片，沾醬油食之。

春天是竹子的秋天。那裡的竹子是孟宗竹，長得很高。一走進竹林，便覺得空氣清新。在細長的竹幹環繞下，往上幾乎望不到高遠的天空，但竹林裡又不像照葉樹[1]林那樣陰暗。有時會飄下枯葉，偏偏找不到我所期待的春筍。倒是在竹林後面地勢較高的向陽處發現了奇怪的植物，大小如同桔梗，花瓣帶著微微的綠色，花朵從花蒂往前端低垂，像只倒扣的酒杯，筆墨難以形容它的妙處。

過去我從來沒有看過這種植物，會是新品種嗎？

本來想摘幾枝回去，才一伸手，又覺得這麼做未免太像土豪而作罷，況且也不如採摘春筍來得實際，又有經濟效益。於是再努力找，可還是遍尋無蹤。

我實在氣不過，就一路爬上山丘繼續尋找，最後竟看到了遠方的湖水。沒想到竟然爬到這麼高的地方，暫且享受遠眺的風光後，決定尋覓下去的路時，看見一間風雅的杉皮屋頂房子悄然隱藏在竹林之中。受到吸引，來到屋前，只見門口掛著一個「編笠」的招牌。身為以寫作為業的人，不免揣想這裡的屋主會是什麼樣的人物。就在此時，玄關的小紙門喀達喀達緩緩拉開，從中走出一位梳著日本髻、年約三十出頭的女子。

對方一臉正經地問，我有些狼狽，答：

——請問有何貴事？

＊ 浙貝母：中文別名瓔珞百合、皇冠貝母。百合科多年生草本，原產於中國。貝母種類繁多，包括一般熟悉的川貝母（川貝）與此種浙貝母。浙貝母地下部分為二鱗片組成的球莖。莖直立，高約五十公分，葉寬線形，先端細窄，有時呈藤蔓狀纏繞，三至四枚輪生。四到五月開花，吊鐘形淡黃色花會從上面的葉子兩側垂下，鱗莖可入藥治咳嗽。

1 溫帶常綠闊葉林的一種。

——真是不好意思。我原本為尋春筍從山腳下一路上山，竟不期然來到這裡，看見這棟高雅的房子，於是走近來欣賞，我馬上就離去。

說完正準備回頭時，女子說：

——孟宗竹的季節還沒到。您要找的該是大名竹吧？這附近的竹林並非大名竹，得要往下面一點才會有，不過那是私人的竹林……

女子親切地說明，聽得我十分惶恐，卻又心生疑竇：她怎麼知道我要找的是大名竹？

——妳怎麼會那麼清楚我要找什麼？我剛剛明明只提到春筍二字。

像是被我抓到把柄，梳著日本髻的女子頓時顯得有些錯愕。她沒有正面回答，而說：

——我當然知道，而且我知道的還更多，您且試著繼續往下走，就會找到想找的路。

說完嫣然一笑，讓我愈發感到不對勁。

——妳到底是什麼人？

——我嗎？我是百合。

說完深深一鞠躬，又走回了紙門裡面。

感覺真是有些怪異！這麼說來，前面繼續往南走，就會遇到這條衢道上最大的關口。我聽說幕府時代關口檢查十分嚴格，加上山路難行，女人和小孩通常會選擇穿越離此稍北的小關往來東西。仔細想想，這附近應該就是小關一帶。我也聽說，這一帶有許多商家以穿越關口的旅者為顧客，畢竟前頭就是京城了，總得買些紀念品給家人吧。這附近的名產就是小孩子喜歡的木板畫，所以剛才的女子說不定就是幕府時代在這附近開店做生意的商家後代。

我邊想著這些，邊走在通往湖畔的下坡路上。

她說我要找的路，指的是什麼？

是通往關口的路嗎？其實答案很簡單，我正在找春筍呀。

早春氣候多變，肌膚依舊感到些涼意，天空的雲層逐漸增厚，冷風吹來，令人感受到冬天仍停留此地、遲遲不肯離去的依戀。行路至此，總算可以看見三三兩兩的房舍，不久便來到村莊。眼前盡是尚未翻土耕耘的田地、田埂，卻不見任何人影。繼續前進，似乎來到了北陸衢道，兩旁屋簷低矮的民家櫛比鱗次。冷風吹得門窗嘎嘎作響，這裡同樣也感受不到人的氣息。還是說，居民都躲在屋簷低矮的二樓，從小閣樓微開的格子窗裡偷偷窺探著我？

一心為採摘春筍竟遠行至此，這附近不僅有晚霞，甚至還飄起了霧。我雖想回家，又覺得既然都來到這裡了，至少也該到湖邊看看。心意已決，於是穿越衢道，往可能是湖的方向移動。房舍愈來愈少，渠道相對增加，走在霧中，必須小心步伐，霧已十分濃厚。渠道中到處繫著小船，我想起人在土耳其的村田來信提到當地有個名叫黃金角的美麗海灣，名為卡悠克的小船雲集其間，穿梭來往，儘管地域不同，人類的行為模式卻大同小異，只要有水存在，就會盡可能運用，希望行進到更遠的地方。transportation（交通）——transition（過渡）。

transition！

岸邊有許多棧橋突出，好似迷宮。為了不讓雙腳被水氣濡溼，我小心翼翼伸手探索，意欲前往岸邊，經過好幾條棧橋後，來到蘆葦原。冬日期間砍除過的蘆葦叢中，即將冒出新芽，目前仍是一片破敗頹唐的蘆葦枯原。

瀰漫的霧氣愈來愈濃，濃霧中隱約可見蘆葦後面的湖水。四、五公尺的遠方，白鷺正屏氣凝神覬覦著水中，這景象就跟家中壁龕裡的畫軸完全一樣。我腳下發出聲音，白鷺受到驚嚇看向我，慌忙飛向霧的另一方。「那麼，應該是往那一邊吧。」我學白鷺一樣靜止不動地眺望，過了好一陣子才想還是打道回府吧。

霧更濃了，終於撐不住溼氣而崩解，頓時化為霧雨。

花椒

或許是思念之切而得以實現吧？和尚做完法事順道過來，說是收到施主餽贈的春筍要與我分享，屆時回山寺的上坡路也可多少減輕些負擔。

——早晨現摘的，這會兒烤來吃也不會有澀味。

一看到出現在玄關前的和尚手持春筍，我便欣喜雀躍，顧不得體面立刻堆起笑容相迎。

——前幾天我突然很想吃春筍，還跑到靠你那兒的山上四處尋找。

——哎呀，那些筍子不夠味呀。這就不同了，大名竹就是質地纖細。

總算我能如願燒炭火烤春筍，和尚也享用般若湯[1]，兩人愉悅地眺望著庭院，此時，五郎難得在白天在庭院裡現身，像隻家犬般坐著，一副「看你們要幹什麼」的表情，興高采烈地看著我們。

——真是隻好狗，很懂事，今天看到我也不會亂叫，大概判斷我來找牠主人有好事吧？

——難道五郎曾對著你叫過嗎？

——有呀！當時我們彼此都還不太認識。對了，你到竹山四處走時有沒有什麼收穫？

——我發現了一戶奇妙的人家。家中只有一名婦人，不對，說不定還有其他人吧，總之那戶人家的氛圍讓我想起最近剛翻譯好的羅塞蒂[2]的文章。

在酒意伴隨下，我愉悅地吟誦了起來：

＊ 花椒：日文名山椒。芸香科落葉灌木，原產於東亞。高三至七公尺，枝灰或褐灰。奇數羽狀複葉，葉軸邊緣有狹翅；小葉紙質，卵形或卵狀長圓形。三至五月開花，聚傘圓錐花序頂生，花被片四至八個。七至九月結果，果球形，通常二至三個，紅或紫紅，密生疣狀凸起的油點。椒皮外表紅褐色，曬乾呈黑色。有龜裂紋，頂端開裂。內含種子一粒，圓形有光澤。花椒含揮發性物質，具獨特濃烈香氣。

1 即酒。

2 Christina Georgina Rossetti（1830-1894），英國女詩人。

昏暗陰微，人在此處
幽冥低語，陰火飄搖
無名之物，俄爾群集
其形恰似，溼露清寂
似我跫音，追隨我身
如見萬物，隱約徘徊

和尚像陷入思考般瞇著眼睛仔細傾聽，然後沉吟一句：
——我不喜歡！
——不喜歡什麼？那戶人家嗎？還是羅塞蒂呢？
——全都不喜歡，而且從剛才起我就很在意那幅畫軸。
和尚完指著壁龕說。

——哦，那是之前住在這房子的人留下來的，我很小心收藏著。對了，我記得剛才的文章開頭是這樣的：

此乃君在世之貌，

眺望之際，但願君現身

——我更不舒服了！我勸你還是把那幅畫收起來吧？

我連忙拒絕：

——可不行，就算是和尚你也沒有權利要我這麼做。

——你胡說些什麼，別忘了，最後解救無耳芳一[3]的也是和尚呀！這類故事總是由我們和尚出來收尾。

我突然感到十分憤怒。

——沒想到你竟是這種人！還是請回吧。

——我是為你好才說。就像日前，要是你被拉進去那戶編笠人家，你就完了！

這時我雖然覺得有些不大對勁，卻因喝了酒，沒有繼續想下去。

——就算被拉進去我也無所謂，更何況人家也沒有那個意思。

——那是對方消失了，人家知道你是誰。

真是失禮！五郎在院子裡不吵不鬧，興味盎然地看著我們。

——你該謝謝五郎才對！

為什麼大家開口閉口就提五郎！我心裡很不是滋味，賭氣地沉默不語。

——既然不想收起來，那你就要有所覺悟！

說完和尚便離去了。

居然要我有所覺悟，假如只要有覺悟就可以萬事平安，那世上紛亂的根源不就從此消聲匿跡了嗎？就算我有意，要是我的心不肯配合，還是沒轍呀。和尚根本是在說廢話，但我心情反而因此平靜下來。

就這樣我不知不覺睡著了。

醒來時聽見門口有人呼喚。甩甩頭站起來，上前應門，看到剛才的和尚手上拿著一包東西站在那裡，似乎是春筍。這時我的氣已經消了，便說：

——剛剛真是失禮了。

——剛剛發生什麼事了嗎？

和尚一副丈二金剛摸不著頭的表情，我不禁擔心和尚年紀大了，頭腦已不清楚。

——剛剛我們不是一起喝酒嗎？

3 日本怪談。相傳源平之戰期間，芳一遭陰魂纏身，和尚在芳一身上寫滿符咒，獨漏雙耳，致使芳一雖獲救，卻被厲鬼摘去雙耳。

——那不是我，你不會是在做夢吧？臉上都有睡痕了。別說那些，這是施主給我的春筍。

——你剛剛不是已經拿春筍來過了嗎？

我自顧自地追問，和尚這才恍然大悟，說：

——哎呀！哈哈哈，剛才施主提到早上去挖筍，發現竹山被貍貓糟蹋了。

原來是貍貓呀！

我懊惱地抱著頭說起稍早發生的事，和尚聽了呵呵大笑，愉快地回去山寺。

筍子多到吃不完，正準備分一些給鄰家太太，整理之際發現筍子上的泥土附生著一株亮綠色的花椒嫩芽，雖僅豆粒般大小，卻已長出明顯的花椒葉形狀，已到發芽的季節了。

春天的腳步已然來臨。

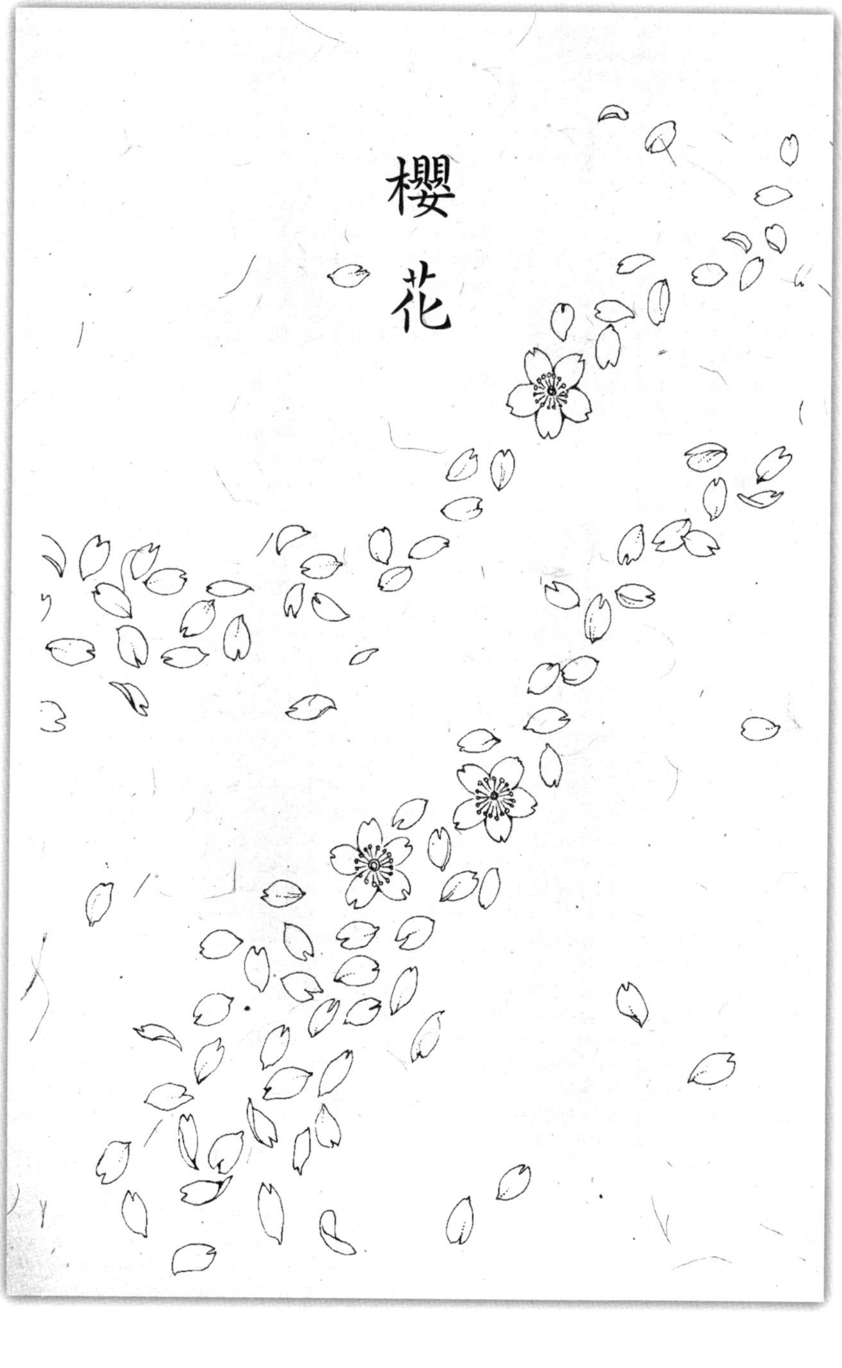
櫻花

渠道兩岸的櫻花盛開，花只開了一段時間，終於撐不住紛紛凋謝。飄落在渠道水流上的花瓣，彷彿是搖動的太古地表，大大小小堆聚的落英時而匯集時而分離，不斷反覆聚散，邊往下游滑去。眼看整個水面都被花瓣掩蓋，幾乎不見潺潺流水。

我是去年的櫻花季節過後才搬來的，過去只聽聞過「花吹雪」的形容，沒看過實景，原來古人造詞一點都不誇張。

視線微微向上移動，不免為櫻花如此繁榮而驚訝，微帶朱紅的白色花朵一如熱鬧的燈籠，點點覆蓋著山壁。

渠道旁的樹下有著波斯婆婆納[1]、附地菜[2]的綠，寶蓋草[3]的淡紅，加上薺菜惹人憐愛的白色小花，連泥土都充滿生氣。有什麼時節比春天更適合萬物為其生發謳歌、妝點呢？

夜裡因聲響而醒來。接近黎明了吧，陰暗的天空微微泛白。我先是靜靜躺著不動，突然眼睛看向房間角落，有一名梳著整齊髮髻的陌生女子端坐在那裡，旁邊擺著一個看來像是旅行箱。我連忙坐起，女子伏在榻榻米對我深深行了一禮。

——我是來告辭的。

我完全不知道怎麼回事，拚命想也想不起在哪認識這樣一位朋友，只能睜

1 玄參科一年或二年生草本，原產於西亞至伊朗。全株有毛。莖自基部分枝，下部傾臥。莖基部葉對生，邊緣有粗齒，花萼四裂，花冠淡藍色有深藍色脈紋。蒴果腎形。

2 日文名胡瓜草，別名伏地菜、雞腸草。紫草科一年生草本，分布於中國西南至東北。高五至三十公分。莖細弱，常由基部分枝，具平伏細毛。葉互生，匙、橢圓或披針形，前端圓鈍或尖銳。五至六月開花，總狀花序頂生，細長無苞片；花萼五裂。

3 日文名佛之座，中文別名珍珠蓮、接骨草。唇形科一年生直立草本。莖軟弱，方形，常帶紫色，被有倒生稀疏毛，高十至六十公分。葉腎形或圓形，邊緣有圓齒和小裂，兩面均有毛。三至四月開花，花輪有花二至數朵，花無柄腋生無苞片；花萼管狀。六月結果，小堅果長圓形三棱。

大惺忪睡眼，說不出話來。當我正痛苦地試圖發出聲音時，女子的身影竟漸漸透明，終至消失無影。

我就像遭到狐狸作祟，又像身處夢境之中，沒辦法，只好繼續躺下睡覺。再次醒來時，已是日頭高掛，大概快中午了。

——那是櫻花精。之前你不是一直在渠道旁欣賞櫻花？

鄰家太太一如以往用力點著頭解開謎底。其實之後我也想到同樣的答案，只是覺得女子不同於一般精怪。

——那是由於你還單身，她才會過來……我這樣問有些冒昧，你從事寫作的工作，收入怎麼樣？

發問突如其來，我像中了一槍似地陷入窘境，說話也變得結結巴巴。

——……當然不像一般有固定正職的人那麼好，沒有工作時就不會有收入。就算有了工作，寫不出來一樣領不到錢。我的情況，您應該也很清楚吧？

鄰居太太深深點頭，表情好像在說：「啊，不好意思，問了不該問的問題。我忘了，原來是這樣子呀。」突然又親切地走近半步，口氣一改，說：

——事情是這樣的，我的朋友正在幫待字閨中的女兒找對象。這位和服店的千金小姐也真奇怪，說是不喜歡商人，希望與無緣於金錢的清白廉潔之士廝守，就算對方貧窮也無所謂。她父母也很困擾，終於不得不到處託人幫忙介紹。即使許多家境不錯的人前去提親，就是不見女兒希望的對象上門。說起來，女方家生意做得很大，生活富裕，供養年輕夫婦兩人的生活根本不痛不癢，偏偏就是沒人幫忙介紹……

所以鄰家太太才會問我「收入多少？」儘管嘴裡說什麼「無緣於金錢」，她難道不覺得自己前後矛盾嗎？唉，可這世上不都是這樣子嗎？眾生肩負著這些矛盾，不以為意，不也活得很好。唉，可我實在無法接受……我深呼吸一口氣後答覆：

——我對這門親事不是很有意思，首先，我從來就沒有過成家的念頭。

鄰家太太一副飽受打擊的表情直盯著我看，過了一陣子才開口說：

——我倒覺得這是一門不錯的親事呢……

然後搖著頭轉身回去了。

我回到家中，坐在房間裡，發現角落有一塊地方變成白色，上前一看，是吹落的櫻花堆積在一起。那裡正是早晨該女子端坐的位置，看來她果然是櫻花精吧！

原先我還懷疑她會不會是百日紅？我擔心是不是枝幹上的大窟窿讓它快要撐不下去，所以前來告辭。腦袋清醒過來的同時想到這點，便立刻前去庭院確認。可是百日紅一如平常，看不出有哪裡不對勁。但我依舊很擔心，便誦讀幾首最近挺喜歡的羅塞蒂的詩給它聽。讀得正起勁時，鄰家太太拿著「給五郎的剩飯」出現了。

對了，我的雜誌還遺留在院子裡，於是再度來到庭院的百日紅處，百日紅靜靜地等著我來。大致說來，植物的屬性就是擅長等待，百日紅當然也不例外，然而當時的它等待得尤其認真。我拿走雜誌時，整棵百日紅甚至還微微顫動了一下，我有些訝異，抬頭一看，發現有個什麼跑過樹枝間，心想可能是小鳥或貓，定睛再看，竟是上次那個小妖。牠雖想模擬成樹瘤的樣子隱藏其間，但還是露出了形影。不知牠是從何時起來到這裡的？假如打算就此定居，只怕百日紅會受不了吧？想到蒲柳之質的百日紅連夏蟬都討厭，脾氣一向不是很好，我只好開口了：

——可不可以不要在那棵樹上？樹幹上不是有個大窟窿嗎，我不想再給它增加太多負擔。

一時之間，小妖看似文風不動，終於才面無表情地問：

——那我要到哪裡才行？

我趕緊思考這個問題。

——對了，泰山木怎麼樣？到那棵樹上，你一定也會待得安穩。

小妖哼了一聲算是回答，瞬間便消失蹤影。大概是移往泰山木了吧？果然動作很快。這時我才想起，剛剛應該問牠有關清晨櫻花精的事。很難想像牠們同是精怪，會不會是牠的姊姊或阿姨呢？

百日紅像是鬆了口氣，樹葉發出沙沙響聲，也許是在跟我道謝。下午山內說好要來拿上次那篇織品業界雜誌要的稿子。我將魚乾、早上吃剩的味噌蜆湯，搭配蜂斗菜拌味噌當午餐解決掉。不久玄關有人叫門，我回應了之後，山內便走了進來。難得我這麼早寫完文章，交付稿件時自然意氣風發，山內也顯得有些高興。這時他發現那堆櫻花的落英。

——咦，這是怎麼回事？

——哦，這是……

正要說明，又擔心若跟他提起櫻花精，不知他能不能接受，卻還是全盤托出：

——今天早晨，有一名陌生女子坐在那裡跟我告辭。根據鄰家太太的說法，那是櫻花精，可我就是不覺得她像妖怪。小妖現在我庭院裡就有，但兩者實在一點都不相像。

山內顯得十分驚訝，之後用力吸一口氣後說：

——看來學長你完全誤會了。「小妖」可不是指年紀較小的妖怪，而是某種妖怪的正式名字，妖族由南到北種類各式各樣，並非像出世魚[4]那樣，各個成長階段有不同的名字。

4　對某些魚類，會在不同成長階段給予不同稱呼。日本社會亦同樣地，如武士、學者及冠之後改名般，意味著出人頭地的好兆頭。

山內振振有詞的樣子嚇到我。

——為什麼你知道得那麼清楚？

——這不是常識嗎！

山內語帶責備地說。我突然有種無助的不安。

——……我為什麼會不知道呢？

脫離世俗易造成一般常識付之闕如，某種程度上來說也是無可奈何。

山內反過來安慰我。

——而且，今天一早就怪事連連。

我提起鄰家太太介紹「奇怪的和服店千金」的婚事。山內聽了說：

——我知道那位小姐，她是紡織公會幹事的千金，不是門壞親事呀！

山內說得起勁，我卻不置可否，聽過就算。

——那位小姐肯定也讀過綿貫學長在業界雜誌上的文章。

山內說得益發起勁，我不禁擔心，該不會這傢伙已經看透我的才能，想勸我盡早放棄這項工作？不料他說：

——所以我想，這樁婚事會無疾而終吧！

我懷疑自己是不是聽錯了，不禁拉高音量問：

——為什麼這麼說？

——你先冷靜一下聽我說。目前為止你寫的文章都很有意思沒錯，這篇文章也一樣，但問題是這樣內容是否會讓人想跟作者一同生活呢？

的確很有說服力。

——綿貫學長你才會遇上連櫻花精都乖乖地來向你辭行這種事，而你超然的態度十分值得佳許！請你早點寫出高堂學長的故事吧。

我聽了沉吟不語，山內藉機趕緊離去。

堆積的落花，令我愛憐不捨，放置兩三天後，逐漸枯乾縮小，隨風從敞開的窗戶飛去。

葡萄

空氣溼重，感覺馬上就要下雨。從榻榻米客廳眺望外面，發現百日紅已冒出一些花苞。這麼說來，高堂第一次現身也是在這個時節，那日入夜後風雨激烈，玻璃門窗發出恐怖的聲響。邊回想去年此時，邊抬頭看著外面，感覺映照在玻璃窗上的風景和室內不太一樣，不仔細看還看不出來，窗裡透明的風景竟是一片原野。難道從以前到現在一直都是這樣子嗎？抑或過去窗上都正常映出房間的景致，由於某種原因突然變成遠地風光呢？我該假裝不知道，還是保持冷靜告訴對方我已經發現了？我又該如何告知對方呢？我左思右想，十分煩惱。

後來我將心思轉向寫作，把玻璃窗的事拋在一旁，待回過神來天色已暗，於是走到廚房，洗米煮飯，把泡發的香魚乾以滷汁煨煮，並搭配鄰家太太給的醃魚內臟，便解決了晚餐，接著去付費澡堂洗澡，回家後查完一些資料，感覺有些口渴，卻懶得喝水便直接就寢。

夢中，我在和尚的山寺附近散步，五郎帶頭走在草地上，我們來到未曾去過的山上，隱約可以聽見樂隊的聲音，我們追隨聲音越過一個又一個山頭，漫無目的地跟隨著樂聲走在山中。接著下坡了，我心中詫異這裡原本就有山谷嗎？但由於是夢境，也就不以為意。坡度愈來愈陡，才剛感到路面較緩，馬上又是下坡路。山路兩側是高聳的山崖逼近，五郎逕自走在很前面。進入森林了，景色逐漸變成深綠色，天色也變得要暗不暗。這裡的地勢很低，空氣卻愈來愈清澈，穿過樹幹之間，從森林深處傳來溫和淡柔的樂隊音樂，還有微微的嘈雜人聲，令我更加詫異怎會有人在此聚會？又是怎樣的聚會呢？完全忘記自己置身夢中。樂隊演奏的是西洋樂曲，令人懷念的音樂帶著某種憂傷、熟悉與淡雅，可見聚集了一群風雅高尚的人吧。我同時帶著好奇心和不安繼續往前進。周遭的明亮既非來自月光亦非來自星光，紫羅蘭般的暮色逐漸深入這奇妙的明亮中。眼前是一片修剪整齊的落葉松林，還是說，生長在高地受自然的抑制，根本就不須人力整理？

五郎走在前方，已不見身影，我也加快腳步，試圖追上。前面下坡處是轉彎，底下的光顯得明暗交錯，愈往下走亮度就愈明顯，好像是個廣場，群樹隨之稀疏。樂隊的聲音就是從這裡流瀉出來，穿著各式西服洋裝的男男女女，有的躺在貴妃椅上、有的坐在搖椅中，或像隨意散置的花串般東一群西一團地手持玻璃酒杯談笑。中間有張大圓桌，堆滿了時令的水果和葡萄。我感到口渴，那大顆大顆的葡萄對我有著莫大誘惑，腳步踏進廣場，雖穿梭在人群中，卻如同漫步林中那麼自在。經過人群時，每個人都好像認識我似地微微將視線低垂，沒有人責怪我的闖入或疑惑地盯著我看。

有幾位坐在圓桌周圍的椅子上，悠閒地用餐，刀叉散置在桌上，依我日常飲食經驗，很難判斷他們盤子裡的食物是什麼。走上前時，所有人都面朝向我。席間有一個空位，我不知是否該坐下，但看見周遭的人微微點頭，便怯生生地就坐。

來，請用葡萄。有人對我說。正中下懷！可是，古今中外不都傳說過千萬不要吃異界的食物嗎？我要是膽敢無視那些教誨，恐怕此生所累聚的一點點教養將會付諸流水！不斷向我招手的紫紅色葡萄帶著露水，鮮豔欲滴，累累成串地擺在圓桌中央。

——還沒有用過餐吧？

坐在斜對面，一位剛過妙齡的婦人輕聲問我。

——畢竟才剛到這裡嘛。

旁邊一位留著大帥鬍，中等身材的男士代我回答。

——誰來服務客人呀！

坐在正對面、和我大約同年的一位男子向另一頭高聲呼喊。我連忙制止說：

——不用了，請不必費心，我不餓。

不知為什麼，此時笑聲如漣漪般同時湧現。奇怪的是，雖然被嘲笑，我卻不覺難堪。啊，對了……我想起來此的目的：

——請問有沒有看見一隻狗？我正在找我的狗。

——這裡並沒有狗呀。

剛才的婦人斷然回答。我還來不及抗議：怎麼可能呢？她已開口說：

——來吧，請用葡萄。就算你肚子不餓，也口渴了吧！

她說的固然沒錯，一時間，我感到自己的動靜正暴露在眾目睽睽之下，我更加覺得不對勁。

——我必須回去了。

——為什麼？

剛才那位留大帥鬍的男士問我，似乎覺得興味盎然。問我為什麼……

我……見我詞窮，對方又說：

——留下來不是很好嗎？這裡不過是入口，再往前去風景更美，不但有會生出彩虹的瀑布，也有雲蒸霞蔚的高山，還有金剛石建造的宮殿，裡面住的是清新可人的精靈，每天生活心情平靜，眼前盡是美麗風景，往來談論者也盡皆是品格高雅之士，沒有必要再回去人世，跟那群猥瑣卑劣的凡夫俗子牽扯在一起，徒然降低自己的氣質。

我聽得心生嚮往，大帥鬍語氣更加輕柔地說：

——來吧，請用葡萄。

可是不知為什麼我就是不動手，沉默地保持不動，經過一段相當長的時間後，我才開口說：

——聽閣下所言，的確是很吸引人，老實說，我也不知自己為何不想取用葡萄，因此剛才一直在思考這問題。每天過得無憂無慮，聽起來的確是很理想的生活，但終究那種優雅和我的本性不合，上天所賦予我的理想，是必須靠我用自己的力量刻苦去爭取，這裡的生活……

我躊躇了一下，接著說完：

——無法供養我的精神！

說完之後，全場靜寂，可憐的大帥翳更是漲紅了臉，與其說是生氣，更該說是困惑吧。

——我……

大帥翳似乎還想說些什麼，卻一副快要哭出來而說不出話。

——那我告辭了。

我站起來鞠躬致意後，轉身踏上來時路，不知從何時起，五郎又在前面帶路。我心裡偷偷鬆了一口氣，沒有五郎，我還真不知該如何回家。

……遠方微微傳來夜間列車的汽笛聲。模糊輪廓的另一頭，意識再度提醒我身在夢境。外面好像下雨了，汽笛聲在雨天更容易聽分明。意識處於幽冥之境，看來我還來得及回到夢裡。我心中某個部分始終受到那裡吸引。

雨水穿透紙門入侵室內……對了，是那個大帥鬍哭泣的臉。他是個柔弱溫和的人，偏偏我卻猛地斷然拒絕了他……

雨無聲地下著，偶爾會聽見雨水從破掉的排水槽聚成水滴落下，我靜靜聽著滴水聲，只覺聲音漸遠漸弱。一開始是草原，五郎出現了，走在前方。對了，一路上都是下坡，穿越山崖而過。對了，聽得見樂隊聲……廣場到了。我直接走向圓桌，一切都跟剛才的情景一樣。大帥鬍一副沒發生過任何事的安詳表情看著我。

——關於之前那件事。

我只想趕緊表明自己的心意。

——十分感謝閣下的好意，我完全沒有否定閣下的意思，甚至對您還不無憧憬之情。剛才我有些自我陶醉，如果不強勢點，只怕會輸給誘惑，然而回去之後才意會到剛才那種態度實在失禮，我知道自己沒有說清楚，很對不起。我之所以還無法來此，其實另有原因——我必須看守家園，那是我朋友的家。

大師翳閉上眼睛，微笑點頭。

旁邊的婦人道：

——原來他發現了。

說完以扇掩嘴，帶著驚訝對周遭的人竊竊私語。

對面的紳士也說：

——難為他發覺，還特地回來說明。

——太好了、太好了。

一股安心與溫柔的感覺如波浪般蕩漾開來。我看著葡萄，心想好美。突然腦海中掠過一個疑問：「這裡現在是夜晚還是白天呢？」於是抬起頭仰望天空，天空就像月光石磨就的巨大透鏡，宛如水面，這裡豈非水底之國……是湖底嗎？我想。

這一次我清楚聽見雨滴聲，枕畔出現一個身穿小倉褲的人跪坐在我身邊，是高堂來了。對了，他曾經說過，只要時機到了就能看見，今夜就是他所謂的時機嗎？

高堂低聲說：

——實際走一趟，結果發現沒有什麼吧？

我心想原來你這傢伙吃了葡萄啊，同時也想到這下我寫得出來了。

高堂站起來，慢慢走開，畫軸那頭傳來他離去的聲音。

——你還會再來嗎？

我躺在被窩裡不放心地大聲追問。

——我還會來的。

他的聲音已遠，微微在黑暗中響起，一如他發出的聲音變成飄蕩的回聲，迷失在許多國境後，終於回到故鄉，接下來只剩一片寂靜，一片空寂寧靜。

我再次閉上眼睛。

烏蘞莓記

綿貫征四郎

紅葉季節行將離去。

彷彿整座山都燒起來似的紅葉固然值得一看，斜倚在清流旁深淵上的一樹楓紅，或是一兩片紅葉飄落水面上的景致亦饒富情趣。昨日還為追尋絢麗紅葉遊走於山野間的歡愉，而今如同多變的世事般即將消逝。說到紅色，眼前也只剩下寒風凜冽中隔壁人家為了過冬掛在屋簷下風乾的柿子了。

且問這求紅的一心所為何來？

難道是為了撫慰平日的孤獨和無聊的心緒嗎？然而不論是對大自然

還是他人——其實兩者或許可說是同為一物，畢竟在自己心中形而上之物與形而下之物，都有看不見的結構。

比方說究竟這孤獨從何而來的提問，答案只存在於我心中。對於過去我所提出的諸多疑問，如今的我應該已能明確作答。毋庸外求，答案已然存乎我心，就算曾經為了找尋答案而徬徨遊走，也是為了找出能映照出自己內心想法的鏡子或是能將細節清楚放大的透鏡。

至於究明此事有何好處呢？只能說表面上看起來是出於求紅的衝動驅使而有所行動，其實心情倒是相當平靜的。不過另一方面又覺得自己身為年輕人不免有點遺憾，缺少了點青春的霸氣，卻也是無可奈何。

飄忽不定實乃人世之常，兒時美好的歲月已然不再，當年一同玩樂的昔人與心情，今日已求之不得，唯一不變的是女神龍田公主造訪時，隨從幽微精靈將她的織錦裙襬毫不吝惜地從山林一路迤邐至村野，離去時也毫不眷戀地遼起衣袂，飛向山野，努力完成籌為大地換季的任務。目睹了她們嫻熟巧妙的做工，足以撫慰我迎向冬日的寂寥心情。

龍田姬女神　纖纖玉手高舉起　嫣然一揮灑
驟雨頃刻四飄散　水氣氤氳湖朦朧

昨夜做了場愉快的好夢，是關於龍田公主美麗隨從的夢，一時之間也寬慰了我的孤獨。那絕非是我個人的幻想，而是一再現身造訪人世的確實現象。如今黎明的寒露已消逝無蹤矣，只能期待下一次結緣的時機，然也未必非得再次出現於我的枕畔乎。

繆思系列

家守綺譚

作者	梨木香步
譯者	張秋明
社長	陳蕙慧
總編輯	戴偉傑
編輯	張曉彤、郭湘吟、王淑儀（新版）
內頁插畫	小主
封面設計	朱疋
讀書共和國 出版集團社長	郭重興
發行人	曾大福
出版	木馬文化事業股份有限公司
發行	遠足文化事業股份有限公司
地址	231 新北市新店區民權路 108-2 號 9 樓
電話	(02)2218-1417
傳真	(02)2218-0727
Email	service@bookrep.com.tw
郵撥帳號	19588272 木馬文化事業股份有限公司
客服專線	0800-221-029
法律顧問	華洋國際專利商標事務所　蘇文生律師
內頁排版	宸遠彩藝有限公司
印刷	前進彩藝有限公司
初版一刷	2019 年 10 月
初版二刷	2023 年 1 月
定價	320 元
ISBN	978-986-359-718-6

國家圖書館出版品預行編目

家守綺譚 / 梨木香步作 ; 張丘明譯 . -- 初版 . -- 新北市 : 木馬文化出版 : 遠足文化發行 , 2019.10
面；　公分
ISBN 978-986-359-718-6(平裝)
861.57　　108014609